GUSTAVE FLAUBERT
DREI ERZÄHLUNGEN

GUSTAVE FLAUBERT

Drei Erzählungen

AUS DEM FRANZÖSISCHEN
VON
CLAUS SPRICK
UND
CORNELIA HASTING

HAFFMANS VERLAG

DIE ORIGINALAUSGABE
»TROIS CONTES«
ERSCHIEN 1877 BEI G. CHARPENTIER
IN PARIS

»UN CŒUR SIMPLE«
WURDE VON CLAUS SPRICK,
»LA LÉGENDE DE SAINT JULIEN L'HOSPITALIER«
UND »HERODIAS«
WURDEN VON CORNELIA HASTING ÜBERSETZT

KONZEPTION UND GESTALTUNG VON URS JAKOB
UMSCHLAGZEICHNUNG VON VOLKER KRIEGEL
LEKTORAT VON UTE HAFFMANS

GESAMTHERSTELLUNG: OFFIZIN ANDERSEN NEXÖ, LEIPZIG
ISBN 3 241 20310 X

Inhaltsverzeichnis

EIN SCHLICHTES GEMÜT

I

Ein halbes Jahrhundert lang beneideten die Bürgersfrauen von Pont-l'Évêque Madame Aubain um ihre Hausgehilfin Félicité.

Für hundert Francs im Jahr bereitete sie die Mahlzeiten und besorgte den Haushalt, nähte, wusch, bügelte, wußte ein Pferd zu zäumen, Geflügel zu mästen, Rahm zu buttern und blieb ihrer Herrin treu – auch wenn diese nicht gerade eine liebenswürdige Person war.

Madame Aubain hatte einen hübschen Burschen ohne Vermögen geheiratet, der ihr, als er Anfang 1809 starb, zwei kleine Kinder und einen Haufen Schulden hinterließ. Also verkaufte sie ihren Grundbesitz, bis auf die Güter Toucques und Geffosses, die ihr, wenn es hochkam, fünftausend Francs Pacht einbrachten, und verließ ihr Haus in Saint-Melaine, um ein anderes, weniger aufwendiges zu bewohnen, das ihren Vorfahren gehört hatte und hinter den Markthallen gelegen war.

Dieses Haus war mit Schiefer verkleidet und lag zwischen einem Durchgang und einer kleinen Gasse, die zum Fluß führte. Im Inneren hatte es Unebenheiten, über die man stolperte. Ein enger Flur trennte die Küche vom *Wohnraum,* in dem Madame Aubain sich den ganzen Tag über aufhielt, in einem Korbstuhl nahe dem Fenster. Vor der weiß gestrichenen Täfelung waren acht Mahagonistühle aufgereiht. Auf einem alten Klavier, über dem ein Barometer hing, türmten sich Dosen und Pappschachteln zu einer Pyramide. Zwei bestickte Lehnsessel flankierten den Kamin aus gelbem Marmor im Louis-xv-

Stil. Die Stutzuhr in der Mitte stellte einen Vesta-Tempel dar – und die ganze Wohnung roch ein bißchen dumpfig, denn der Fußboden lag tiefer als der Garten.

Im ersten Stock lag zunächst das Zimmer von »Madame«, sehr groß, mit einer fahlen Blumentapete und dem Bild von »Monsieur« in der Tracht eines Landedelmannes. Es war mit einem kleineren Zimmer verbunden, in dem zwei Kinderbetten ohne Matratzen standen. Dann kam der Salon, der immer verschlossen blieb und voller Möbel stand, die mit Tüchern abgedeckt waren. Schließlich führte der Flur zu einem Arbeitszimmer; Bücher und Papierstöße füllten die Regale einer Bibliothek, deren drei Seiten einen großen Schreibtisch aus schwarzem Holz umrahmten. Die Rückwände der Seitenflügel verschwanden unter Federzeichnungen, Landschaften in Gouachemalerei und Stichen von Audran, Erinnerungen an eine bessere Zeit und vergangenen Wohlstand. Eine Dachluke im zweiten Stock beleuchtete das Zimmer von Félicité, mit Blick auf die Wiesen.

Sie stand im Morgengrauen auf, um die Messe nicht zu versäumen, und arbeitete ohne Unterlaß bis zum Abend; wenn dann das Mahl beendet war, das Geschirr fortgeräumt und die Tür sorgfältig verschlossen, schob sie das Scheit unter die Asche und schlief vor der Feuerstelle ein, den Rosenkranz in der Hand. Niemand wußte beim Einkauf hartnäckiger zu feilschen als sie. Und was die Sauberkeit betraf, ließen ihre blankgescheuerten Pfannen die anderen Hausmädchen verzweifeln. Sparsam wie sie war, aß sie mit Bedacht und tupfte mit dem Finger die Krumen ihres Brotes vom Tisch – eines zwölf Pfund schweren, eigens für sie gebackenen Brotes, das drei Wochen vorhielt.

Zu jeder Zeit des Jahres trug sie ein Tuch aus bedrucktem Kattun, das im Rücken mit einer Nadel zusammengesteckt war, eine Haube, die ihr Haar verbarg, graue

Strümpfe, einen roten Rock und über ihrer Jacke eine Latzschürze, wie die Schwestern im Krankenhaus.

Ihr Antlitz war hager und ihre Stimme schrill. Mit fünfundzwanzig schätzte man sie auf vierzig. Seit ihrem fünfzigsten war sie alterslos; – und durch ihr beständiges Schweigen, ihre steife Haltung und ihre kargen Gesten glich sie einer geschnitzten Marionette, die ihr Tagwerk wie ein Automat verrichtete.

II

Sie hatte, wie jede andere auch, ihre Liebesgeschichte gehabt. Ihr Vater, ein Maurer, war bei einem Sturz vom Gerüst ums Leben gekommen. Dann starb ihre Mutter, ihre Schwestern zogen fort, ein Pächter nahm sie auf und ließ sie, ein Kind noch, die Kühe auf den Weiden hüten. Sie zitterte unter ihren Lumpen, trank bäuchlings das Wasser aus den Pfützen, wurde für nichts und wieder nichts geschlagen und schließlich eines Diebstahls von dreißig Sous wegen, den sie nicht begangen hatte, davongejagt. Sie verdingte sich als Stallmagd auf einem anderen Hof, und da sie ihrer Herrschaft gefiel, war sie unter den anderen Mägden nicht wohlgelitten.

Eines Abends im August (sie war damals achtzehn) nahm man sie mit zum Jahrmarkt nach Colleville. Sogleich war sie wie benommen; betäubt vom Lärm der Musikanten, den Lichtern in den Bäumen, dem Durcheinander bunter Trachten, den Spitzen und goldenen Kreuzen, der Menge all dieser zugleich im Tanze wirbelnden Menschen. Sie hielt sich bescheiden abseits, als ein stattlich wirkender junger Mann, der mit beiden Ellenbogen auf die Deichsel eines Karrens gestützt seine Pfeife geraucht hatte, auf sie zukam und sie zum Tanz aufforderte. Er spendierte ihr Cidre, Kaffee, Fladenkuchen, ein Halstuch, und in der Annahme, seine Absichten seien ihr nicht verborgen geblieben, bot er ihr an, sie heimzugeleiten. Am Rande eines Haferfeldes warf er sie roh zu Boden. Sie hatte Angst und begann zu schreien. Er machte sich davon.

An einem anderen Abend, auf der Straße nach Beaumont, wollte sie an einem großen, gemächlich dahinfahrenden Heuwagen vorbeigehen, und als sie die Räder streifte, erkannte sie Théodore.

Er sprach sie ruhig und gelassen an und meinte, sie dürfe ihm all das nicht krumm nehmen, das sei allein »der Wein schuld gewesen«.

Sie wußte nicht, was sie antworten solle, und wäre am liebsten davongelaufen.

Gleich darauf begann er von der Ernte zu sprechen und den Notabeln der Gemeinde, denn sein Vater habe Colleville verlassen und den Hof les Écots übernommen, so daß sie nun Nachbarn seien. »Ach!« sagte sie. Er fügte hinzu, daß man ihn verheiraten wolle. Damit habe er aber keine Eile und warte lieber auf eine Frau nach seinem Geschmack. Sie senkte den Kopf. Dann fragte er sie, ob sie denn ans Heiraten denke. Sie erwiderte lächelnd, es sei nicht recht, daß er sich über sie lustig mache.

»Aber nein, ich schwöre es Ihnen!« und er legte ihr den linken Arm um die Taille; ihrer beider Schritte verlangsamten sich. Der Wind war lau, die Sterne funkelten, das gewaltige Heufuder schwankte vor ihnen; und die vier Pferde schoben mit ihren schleppenden Hufen Staubwolken vor sich her. Dann bogen sie ohne weiteres Zutun nach rechts ab. Er umarmte Félicité ein weiteres Mal. Sie verschwand in der Dunkelheit.

In der folgenden Woche wußte Théodore sie wiederholt zu einem Stelldichein zu bewegen.

Sie trafen sich in einem Winkel der Höfe, hinter einer Mauer, unter einem einsamen Baum. Sie war nicht unschuldig in der Art behüteter Töchter, – die Tiere hatten sie unterwiesen; – aber Vernunft und Ehrgefühl bewahrten sie vor einem Fehltritt. Dieses Widerstreben fachte Théodores Leidenschaft an, so daß er, um dieser den Weg zu ebnen (oder auch ohne lang zu überlegen), Félicité die

Heirat antrug. Sie zögerte, ihm zu glauben. Er schwor bei allem, was ihm heilig war.

Bald darauf gestand er ihr etwas Unerfreuliches: Seine Eltern hatten letztes Jahr einen Ersatzmann für ihn gedungen; aber von einem Tag auf den andern konnte man ihn wieder einberufen; die Vorstellung, Militärdienst zu leisten, schreckte ihn. Félicité hielt diese Feigheit für einen Beweis seiner Zuneigung; die ihre wuchs um so mehr. Sie stahl sich in der Nacht hinaus, und wenn sie zum Stelldichein erschien, quälte Théodore sie mit seinen Nöten und seinem Drängen.

Schließlich kündigte er an, selbst zur Präfektur zu gehen, um Erkundigungen einzuholen, und am kommenden Sonntag zwischen elf und Mitternacht wolle er ihr Bescheid geben.

Als der Augenblick gekommen war, eilte sie dem Geliebten entgegen.

An seiner Stelle fand sie einen seiner Freunde.

Er teilte ihr mit, daß sie ihn nicht wiedersehen dürfe. Um der Einberufung zu entgehen, hatte Théodore eine sehr wohlhabende alte Frau geheiratet, Madame Lehoussais aus Toucques.

Ihr Schmerz war grenzenlos. Sie warf sich zu Boden, schrie, flehte den lieben Gott an und schluchzte ganz allein auf den Feldern bis zum Sonnenaufgang. Dann kehrte sie zum Pachthof zurück und erklärte, fortgehen zu wollen; und als der Monat zu Ende war und sie ihren Lohn erhalten hatte, schnürte sie ihre geringe Habe in ein Sacktuch und begab sich nach Pont-l'Évêque.

Vor dem Gasthof wandte sie sich an eine Bürgersfrau in Witwentracht, die, wie der Zufall wollte, eine Köchin suchte. Das junge Mädchen verstand davon nicht viel, schien aber so guten Willens zu sein und so geringe Ansprüche zu stellen, daß Madame Aubain schließlich sagte:

– Nun gut, ich nehme Sie!

Eine Viertelstunde später hatte Félicité sich bei ihr eingerichtet.

Die erste Zeit verlebte sie dort in einer Art furchtsamer Beklommenheit, welche ihr »die Eigenart des Hauses« und das allgegenwärtige Gedenken an »Monsieur« einflößten. Paul und Virginie, der eine sieben Jahre alt, die andere kaum vier, schienen ihr wie aus kostbarem Stoff erschaffen; sie trug sie auf dem Rücken wie ein Pferd, und Madame Aubain vermahnte sie, die beiden nicht immerfort zu küssen, was sie tief kränkte. Dennoch fühlte sie sich glücklich. Die freundliche Umgebung hatte ihren Kummer schwinden lassen.

Jeden Donnerstag stellten sich Freunde des Hauses zu einer Partie Boston ein. Félicité legte beizeiten die Karten und die Fußwärmer zurecht. Die Gäste trafen pünktlich um acht Uhr ein und zogen sich zurück, bevor es elf schlug.

Jeden Montagmorgen breitete der Trödler, der unter dem Durchgang wohnte, seine Eisenwaren auf dem Boden aus. Dann wurde die Stadt von einem Stimmengewirr erfüllt, in das sich das Wiehern von Pferden, das Blöken von Lämmern, das Grunzen von Schweinen mit dem Rasseln der Karren auf der Straße mischte. Gegen Mittag, wenn das Markttreiben seinen Höhepunkt erreichte, sah man auf der Schwelle einen alten Bauern von hohem Wuchs erscheinen, mit in den Nacken geschobener Mütze und einer Hakennase, und das war Robelin, der Pächter von Geffosses. Kurz darauf – da tauchte auch Liébard auf, der Pächter von Toucques, klein, rot und feist, mit einer grauen Joppe und Sporen an den Stulpenstiefeln.

Beide boten ihrer Gutsherrin Hühner oder Käse an. Unfehlbar durchkreuzte Félicité ihre Schliche; und voller Hochachtung für sie zogen sie von dannen.

In unregelmäßigen Abständen empfing Madame Aubain den Besuch des Marquis de Gremanville, eines Onkels von ihr, der sein Vermögen verpraßt hatte und nun in Falaise auf dem letzten Überbleibsel seiner Ländereien lebte. Er wurde stets zur Essenszeit vorstellig, mit einem gräßlichen Pudel, der mit seinen Pfoten alle Möbel beschmutzte. Trotz seines Bemühens, als Edelmann zu erscheinen, weshalb er gar den Hut zu ziehen pflegte, so oft er »mein seliger Vater« sagte, konnte er nicht von seiner Gewohnheit lassen, sich ein Glas nach dem anderen einzuschenken und Anzüglichkeiten von sich zu geben. Félicité komplimentierte ihn behutsam hinaus: »Sie haben genug, Monsieur de Gremanville! Auf ein andermal!« Und sie schloß die Tür.

Sie öffnete sie gern für Monsieur Bourais, einen ehemaligen Anwalt. Seine weiße Krawatte und sein kahler Schädel, seine Hemdkrause, sein weiter brauner Gehrock, seine Art, mit angewinkeltem Arm eine Prise zu schnupfen, sein ganzes Wesen brachte sie in jene Verlegenheit, die uns der Anblick außergewöhnlicher Menschen bereitet.

Da er den Besitz von »Madame« verwaltete, schloß er sich stundenlang mit ihr im Arbeitszimmer von »Monsieur« ein, fürchtete stets, sich eine Blöße zu geben, hatte grenzenlosen Respekt vor den Gerichten und gab vor, Latein zu verstehen.

Um die Kinder auf gefällige Weise zu unterrichten, schenkte er ihnen ein Erdkundebuch in Kupferstichen. Darin waren verschiedene Szenen der Welt dargestellt, Kannibalen mit Federschmuck auf den Köpfen, ein Affe, der ein junges Mädchen entführt, Beduinen in der Wüste, ein Wal, der harpuniert wird, und dergleichen mehr.

Paul erläuterte Félicité diese Stiche. Das war indes alles, was ihr an Bildung zuteil wurde.

Die der Kinder oblag Guyot, einem armen Teufel, der

im Gemeindeamt angestellt war, seiner schönen Handschrift wegen gerühmt wurde und sein Federmesser am Stiefelschaft abzuziehen pflegte.

Bei schönem Wetter machte man sich schon früh am Morgen auf den Weg zum Pachthof Geffosses.

Der Hof ist an einem Hang gelegen, mit dem Haus in der Mitte; und das Meer in der Ferne gleicht einem grauen Fleck.

Félicité holte Aufschnitt und kalten Braten aus ihrem Korb, und man frühstückte in einem Raum, der an die Milchkammer angrenzte. Er war das einzige Überbleibsel eines ehemaligen Gartenpavillons. Die Tapete hing in Fetzen von der Wand und flatterte mit jedem Luftzug. Madame Aubain senkte den Kopf, von Erinnerungen überwältigt; die Kinder wagten nicht mehr zu sprechen. »So geht doch spielen!« sagte sie; sie machten sich davon.

Paul kletterte auf den Heuboden, fing Vögel, ließ flache Steine über den Teich hüpfen oder schlug mit einem Stock gegen die großen Fässer, daß sie wie Trommeln dröhnten.

Virginie fütterte die Kaninchen, rannte davon, um Kornblumen zu pflücken, und ihre Beine wirbelten, daß man den Sticksaum ihrer Hemdhosen sah.

Eines Abends im Herbst schlugen sie den Heimweg über die Weiden ein.

Der Mond, im ersten Viertel, erhellte einen Teil des Himmels, und der Nebel wogte wie eine Stoffbahn über den Windungen der Toucques. Rinder lagen in der Mitte der Wiese und sahen den vier Vorübergehenden reglos zu. Auf der dritten Weide erhoben sich einige und stellten sich dann in einem Halbkreis vor ihnen auf. »Nur keine Bange!« sagte Félicité und begann, ein wehmütiges Lied summend, dem Tier, das ihr am nächsten stand, über den Rücken zu streichen; es machte kehrt, die anderen taten es ihm gleich. Aber kaum hatten sie die nächste Weide durchquert, da scholl ihnen ein ungestümes Brüllen entgegen. Es war ein Stier, den der Nebel verbarg. Er kam auf die beiden Frauen zu. Madame Aubain begann zu laufen. »Nein! nein! nicht so schnell!« Gleichwohl beschleunigten sie ihre Schritte und hörten hinter sich ein dumpfes Schnauben, das näherkam. Wie Hämmer stampften seine Hufe das Gras der Wiese; jetzt galoppierte er gar! Félicité wandte sich um, riß mit beiden Händen Erdbrocken los und schleuderte sie ihm in die Augen. Er senkte das Maul, schüttelte die Hörner und bebte vor Wut, unter schaurigem Gebrüll. Madame Aubain hatte mit ihren beiden Kleinen den Rand der Weide erreicht und suchte verzweifelt einen Weg, die steile Böschung zu erklimmen. Félicité, die Schritt um Schritt vor dem Stier zurückwich, hörte nicht auf, ihn unablässig mit Grasbüscheln zu bewerfen, die ihn blendeten, und rief dabei: »Macht schnell! macht schnell!«

Madame Aubain stieg in den Graben, half Virginie und dann Paul herüber, rutschte mehrmals ab bei dem Versuch, die Böschung zu erklimmen, und schaffte es schließlich, indem sie alle Kraft zusammennahm.

Der Stier hatte Félicité gegen ein Gatter gedrängt; sein Geifer stob ihr ins Gesicht, nur eine Sekunde noch, und er hätte sie aufgeschlitzt. Sie konnte sich gerade noch zwischen zwei Latten hindurchwinden, und das gewaltige Tier hielt verdutzt inne.

Dieser Vorfall bot etliche Jahre Gesprächsstoff in Pont-l'Évêque. Félicité hielt sich nichts darauf zugute und ahnte nicht einmal, etwas Heldenhaftes getan zu haben.

Virginie nahm sie ganz und gar in Anspruch; – sie hatte sich nämlich infolge des Schreckens ein nervöses Leiden zugezogen, und Monsieur Poupart, der Arzt, empfahl die Seebäder von Trouville.

Zu jener Zeit waren sie wenig besucht. Madame Aubain zog Erkundigungen ein, beriet sich mit Bourais, traf Vorbereitungen wie für eine lange Reise.

Ihre Gepäckstücke gingen am Tag zuvor ab, mit Liébards Karren. Am nächsten Morgen brachte er zwei Pferde, eines davon mit einem Damensattel nebst samtbezogener Lehne; und auf dem Rücken des anderen diente ein zusammengerollter Mantel als Sitz. Madame Aubain stieg hinter Liébard auf, Félicité nahm Virginie in ihre Obhut, und Paul bestieg den Esel von Monsieur Lechaptois, der ihnen unter der Bedingung, gut auf ihn achtzugeben, ausgeliehen worden war.

Der Weg war so schlecht, daß es zwei Stunden brauchte, die acht Kilometer zurückzulegen. Die Pferde versanken bis zu den Fesseln im Schlamm und machten abrupte Bewegungen mit den Flanken, um wieder herauszukommen; oder aber sie gerieten in den Wagenspuren aus dem Tritt; bisweilen mußten sie springen. An manchen Stellen blieb Liébards Stute unvermittelt stehen. Er wartete geduldig, bis sie sich wieder in Bewegung setzte; und er sprach über die Leute, deren Besitzungen am Wege lagen, indem er ihre Geschichte mit moralischen Betrachtungen verband. So bemerkte er mitten in Toucques, als sie unter Fenstern vorbeiritten, die von Kapuzinerkresse umrankt waren, mit einem Schulterzukken: »Und hier wohnt eine Madame Lehoussais, die, anstatt einen jungen Burschen zu ehelichen...« Den Schluß hörte Félicité nicht; die Pferde trabten dahin, der Esel galoppierte; gemeinsam bogen sie in einen Seitenweg ein, ein Gatter schwang auf, zwei Jungen erschienen, und vor der Jauchegrube wurde abgesessen, gleich an der Schwelle der Tür.

Als Mutter Liébard ihre Gutsherrin erblickte, wußte sie sich vor Freude kaum zu lassen. Sie tischte ihr ein Frühstück auf, das aus einem Lendenbraten, Kaldaunen,

Blutwurst, Hühnerfrikassee, schäumendem Cidre, einer Mustorte und Pflaumen in Branntwein bestand, und überschlug sich dabei in Komplimenten für die gnädige Frau, die aussehe wie das blühende Leben, für Mademoiselle, die sich »großartig« entwickelt habe, und Monsieur Paul, der ein »wahrer Prachtkerl« geworden sei, nicht ohne die verstorbenen Großeltern zu erwähnen, die die Liébards noch gekannt hätten, da sie seit mehreren Generationen im Dienst der Familie waren. Der Pachthof konnte, wie sie selbst, ein gewisses Alter nicht verleugnen. Die Deckenbalken waren wurmstichig, die Wände vom Rauch geschwärzt, die Fenster blind vom Staub. Auf einer Anrichte aus Eichenholz standen allerlei Gerätschaften, Krüge, Teller, Zinnschalen, Wolfseisen und Scheren für die Schafschur; eine enorme Klistierspritze ließ die Kinder laut auflachen. In den drei Innenhöfen gab es keinen Baum, an dessen Stamm nicht Pilze wuchsen und in dessen Zweigen kein Mistelbusch hing. Der Sturm hatte etliche umgeknickt. Sie hatten in der Mitte wieder ausgeschlagen; und alle bogen sich unter der Last ihrer Äpfel. Die Strohdächer, die wie brauner Samt aussahen und unterschiedlich dick waren, hielten den heftigsten Stürmen stand. Der Wagenschuppen hingegen verfiel. Madame Aubain sagte zu, sich die Sache durch den Kopf gehen zu lassen, und ließ die Tiere wieder anschirren.

Sie hatten noch etwa eine halbe Stunde bis Trouville vor sich. Die kleine Karawane saß ab, um die *Écores* zu überqueren; das war ein Felsvorsprung, unter dessen Schutz Boote lagen; und drei Minuten später, am Ende des Hafenkais, kehrten sie im Hof des *Agneau d'or* bei Mutter David ein.

Schon nach den ersten Tagen fühlte Virginie sich weniger matt, der Luftveränderung und der Wirkung der Bäder zufolge. Sie nahm sie, da sie keinen Badeanzug hatte, im Hemd; und ihre Kinderfrau kleidete sie in einem Zöllnerhäuschen, das man den Badegästen überlassen hatte, wieder an.

Nachmittags machten sie mit dem Esel Ausflüge an den Roches-Noires vorbei, in der Nähe von Hennequeville. Der Pfad stieg zunächst über hügeliges Gelände wie durch einen Park hinan und erreichte dann eine Hochebene, auf der Weiden und bestellte Felder einander abwechselten. Inmitten des Brombeergestrüpps am Wegesrand ragten Stechpalmen empor; hier und da streckte ein abgestorbener Baumriese sein verrenktes Geäst in den blauen Himmel.

Fast immer machten sie auf einer Wiese Rast, wo man Deauville zur Linken, Le Havre zur Rechten und vor sich das offene Meer hatte. Es glänzte in der Sonne, glatt wie ein Spiegel, so still, daß sein Rauschen kaum zu hören war; irgendwo tschilpten Spatzen, und über allem wölbte sich die unermeßliche Kuppel des Himmels. Madame Aubain saß über ihrer Näharbeit; ihr zur Seite flocht Virginie Binsen; Félicité zupfte Lavendelblüten; Paul langweilte sich und wollte weiter.

Mitunter setzten sie mit dem Boot über die Toucques und suchten Muscheln. Die Ebbe ließ Seeigel, Meerohren und Quallen zurück; und die Kinder rannten, um nach Schaumflocken zu haschen, die der Wind vor sich hertrieb. Die Wellen rollten träge auf den Sand und glitten den Strand entlang; er dehnte sich, soweit das Auge reichte, und wurde nur zur Landseite hin von den Dünen begrenzt, die ihn vom *Marais* trennten, einer weiten, grasbewachsenen Ebene, deren Umriß einer Pferderennbahn glich. Wenn sie auf dem Rückweg daran vorbeikamen, wurde Trouville in der Ferne am Fuße der Anhöhe mit jedem Schritt größer und schien sich mit all seinen ungleichen Häusern in heiterem Durcheinander zu entfalten.

An sehr heißen Tagen gingen sie nicht aus dem Zimmer. Die gleißende Helle von draußen drang in flimmernden Streifen durch die Ritzen der Jalousien. Kein Laut im Dorf. Unten auf dem Gehsteig kein Mensch. Diese Stille, die über allem lag, ließ die Ruhe der Dinge noch spürbarer werden. In der Ferne dröhnten Kalfaterhämmer gegen die Rümpfe der Schiffe, und ein träger Wind trug Teergeruch herüber.

Die wichtigste Zerstreuung war die Rückkehr der Boote. Sobald sie die Bojen hinter sich gelassen hatten, begannen sie zu lavieren. An ihren Masten sackten die Segel auf zwei Drittel der Höhe herab; und während die Fock sich blähte wie ein Ballon, kamen sie näher und glitten durch die plätschernden Wellen bis in die Mitte des Hafens, wo unversehens der Anker fiel. Dann legte sich das Boot gegen die Hafenmauer. Die Matrosen warfen zappelnde Fische über den Bordrand; eine Reihe von Karren wartete bereits, und Frauen in Baumwollhauben eilten herbei, die Körbe entgegenzunehmen und ihre Männer zu umarmen.

Eines Tages sprach eine von ihnen Félicité an, die wenig später freudestrahlend ins Zimmer trat. Sie hatte eine ihrer Schwestern wieder getroffen; und Nastasie Barette, verehelichte Leroux, erschien, einen Säugling an der Brust, ein zweites Kind an der rechten Hand und zu ihrer Linken einen kleinen Schiffsjungen, der die Fäuste in die Seiten stemmte und die Mütze schräg auf dem Ohr trug.

Nach einer Viertelstunde verabschiedete Madame Aubain sie.

Man begegnete ihnen fortwährend in der Nähe der Küche oder bei den Spaziergängen, die man unternahm. Der Ehemann ließ sich nicht sehen.

Félicité faßte Zuneigung zu ihnen. Sie kaufte ihnen eine Decke, Hemden, einen Herd; offensichtlich nutzten sie sie aus. Diese Schwäche ärgerte Madame Aubain, die zudem die Vertraulichkeiten des Neffen nicht schätzte – er duzte nämlich ihren Sohn; – und da Virginie hustete und die Jahreszeit nicht mehr schön war, kehrte sie nach Pont-l'Évêque zurück.

Monsieur Bourais beriet sie bei der Wahl eines Internats. Das in Caen, so hieß es, sei das beste. Man gab Paul dorthin, und er nahm tapfer Abschied und tröstete sich mit der Aussicht, in einem Haus zu leben, wo er Kameraden haben würde.

Madame Aubain fügte sich in die Trennung von ihrem Sohn, weil sie unumgänglich war. Virginie dachte immer weniger daran. Félicité vermißte seinen Radau. Aber eine neue Aufgabe brachte ihr Ablenkung; von Weihnachten an brachte sie das kleine Mädchen jeden Tag zum Katechismusunterricht.

III

Wenn sie am Portal das Knie gebeugt hatte, ging sie unter dem hohen Schiff zwischen der doppelten Reihe der Stühle voran, öffnete die Bank von Madame Aubain, setzte sich und ließ ihre Augen schweifen.

Zur Rechten füllten die Knaben und zur Linken die Mädchen das Chorgestühl; der Pfarrer stand neben dem Pult; auf einem Fenster der Apsis schwebte der Heilige Geist über der Jungfrau; ein anderes zeigte sie kniend vor dem Jesuskind, und hinter dem Tabernakel stellte eine Schnitzarbeit den heiligen Michael dar, wie er den Drachen erschlägt.

Der Priester begann mit einem Abriß der Biblischen Geschichte. Sie glaubte das Paradies zu sehen, die Sintflut, den Turm zu Babel, Städte in Flammen, sterbende Völker, gestürzte Götzenbilder; und von dem Unfaßlichen bewahrte sie die Ehrfurcht vor dem Höchsten und die Furcht vor seinem Zorn. Dann weinte sie, als sie die Leidensgeschichte hörte. Warum hatten sie ihn gekreuzigt, ihn, der die Kinder liebhatte, die Menge speiste, die Blinden heilte und aus Sanftmut inmitten der Armen hatte geboren werden wollen, auf der Streu eines Stalles? Saat, Ernte, Kelter, all diese vertrauten Dinge, von denen das Evangelium spricht, fanden sich auch in ihrem Leben; daß Gott ihnen begegnet war, hatte sie geheiligt; und so liebte sie die Lämmer noch zärtlicher aus Liebe zum Lamm Gottes, wie auch die Tauben um des Heiligen Geistes willen.

Ihn sich leibhaftig vorzustellen fiel ihr schwer; denn er

war nicht nur Vogel, sondern zudem ein Feuer, dann wiederum ein Hauch. Vielleicht ist es sein Licht, das nachts am Rand der Moore tanzt, sein Atem, der die Wolken treibt, seine Stimme, die den Glocken Wohlklang leiht; und sie verharrte in Andacht, während sie die Kühle der Mauern und die Stille der Kirche genoß.

Was die Glaubenslehren betraf, so verstand sie davon kein Wort und versuchte nicht einmal zu begreifen. Der Pfarrer redete und redete, die Kinder sagten auf, am Ende war sie eingenickt; und sie fuhr erst auf, als alle hinausgingen und dabei ihre Holzschuhe auf den Steinplatten klappern ließen.

Auf diese Weise, durch beständiges Zuhören, lernte sie den Katechismus, denn ihre religiöse Erziehung war in ihrer Jugend vernachlässigt worden; und forthin schloß sie sich allen Übungen Virginies an, fastete wie sie und ging mit ihr zur Beichte. Am Fronleichnamsfest richteten sie gemeinsam einen Altar her.

Der Gedanke an die Erstkommunion ließ Félicité nicht los. Sie war voller Unruhe wegen der Schuhe, des Rosenkranzes, des Gesangbuchs, und der Handschuhe. Und wie sie zitterte, als sie Virginies Mutter half, die Kleine anzukleiden!

Während der ganzen Messe fühlte sie sich beklommen. Monsieur Bourais verdeckte ihr die Sicht auf eine Seite des Chors; aber genau vor ihr saß die Schar der jungen Mädchen, deren weiße Kränze über den herabgelassenen Schleiern einem Schneefeld glichen; und sie erkannte von fern die liebe Kleine an ihrem zierlichen Hals und ihrer andächtigen Haltung. Die Glocke erklang. Die Köpfe neigten sich; es wurde still. Mit dem Aufbrausen der Orgel stimmten Chor und Gemeinde das *Agnus Dei* an; dann stellten die Knaben sich auf und traten vor; und nach ihnen erhoben sich die Mädchen. Schritt für Schritt, mit gefalteten Händen, zogen sie vor den hellerleuchteten Altar, knieten auf der ersten Stufe nieder, empfingen eine nach der anderen die Hostie und kehrten in der gleichen Reihenfolge zu ihren Betstühlen zurück. Als Virginie an der Reihe war, beugte Félicité sich vor, um sie zu sehen; und kraft der Einbildung, die aus wahrer Zuneigung erwächst, schien ihr, als sei sie selbst dieses Kind; seine Gestalt wurde eins mit der ihren, sein Kleid umhüllte sie, sein Herz pochte in ihrer Brust; als das Mädchen die Lippen öffnete und die Augen schloß, glaubte sie ohnmächtig zu werden.

Am nächsten Morgen wurde sie in aller Frühe in der Sakristei vorstellig, damit der Herr Pfarrer ihr die Kommunion erteile. Sie empfing sie andächtig, doch ohne dabei die gleichen Wonnen zu empfinden.

Madame Aubain wollte aus ihrer Tochter eine vollkommene junge Dame machen; und da Guyot sie weder im Englischen noch in der Musik unterweisen konnte, faßte sie den Entschluß, sie in ein Pensionat zu geben, zu den Ursulinen von Honfleur.

Das Kind erhob keine Einwände. Félicité seufzte und fand Madame gefühllos. Später dachte sie, ihre Herrin habe vielleicht doch recht. Das waren Dinge, von denen sie nichts verstand.

Eines Tages schließlich hielt ein alter Händlerwagen vor der Tür; ihm entstieg eine Nonne, die Mademoiselle abholen kam. Félicité hob die Koffer auf das Verdeck, gab dem Kutscher Ermahnungen auf den Weg und packte sechs Gläser Eingemachtes und ein Dutzend Birnen in den Schließkorb, dazu einen Strauß Veilchen.

Virginie brach im letzten Augenblick in heftiges Schluchzen aus; sie umarmte ihre Mutter, die sie auf die Stirn küßte und dabei ein um das andere Mal sagte: »Kopf hoch! nur Mut! nur Mut!« Das Trittbrett wurde hochgeklappt, der Wagen fuhr davon.

Nun erlitt Madame Aubain einen Schwächeanfall; und

am Abend stellten sich alle ihre Freunde ein, um sie zu trösten: das Ehepaar Lormeau, Madame Lechaptois, die Herren de Houppeville und Bourais und selbst die ehrenwerten Fräulein Rochefeuille.

Die Trennung von ihrer Tochter schmerzte sie anfangs sehr. Aber dreimal die Woche erhielt sie einen Brief von ihr, an den anderen Tagen schrieb sie ihr zurück, erging sich im Garten, las ein wenig und füllte so die Leere der Stunden.

Morgens ging Félicité aus Gewohnheit in Virginies Zimmer und starrte die Wände an. Sie vermißte es, ihr das Haar zu kämmen, die Stiefeletten zu schnüren, sie zuzudecken, – und litt darunter, nicht mehr ständig ihr liebes Gesicht zu sehen und sie bei der Hand zu nehmen wie früher, wenn sie gemeinsam ausgingen. Um nicht müßig zu gehen, versuchte sie, Spitzen zu klöppeln. Aber unter ihren groben Fingern rissen die Fäden; sie brachte nichts zuwege, fand nicht in den Schlaf und war, mit ihren Worten, »zu nichts mehr taug«.

Um »auf andere Gedanken zu kommen«, bat sie, ihren Neffen Victor empfangen zu dürfen.

Er kam am Sonntag nach der Messe an, mit roten Wangen und offener Brust, und roch nach den Feldern, die er durchquert hatte. Sogleich deckte sie ihm den Tisch. Sie saßen einander beim Mahle gegenüber; und während sie selbst so wenig wie möglich aß, um die Ausgaben gering zu halten, nötigte sie ihm derart viel auf, daß er schließlich einschlief. Beim ersten Schlag der Vesperglocke weckte sie ihn, bürstete seine Hose, band ihm das Halstuch und ging mit ihm zur Kirche, in mütterlichem Stolz auf seinen Arm gestützt.

Seine Eltern trugen ihm jedesmal auf, etwas herauszuschlagen, ein Päckchen Rohrzucker etwa, Seife, Branntwein, mitunter gar Geld. Er brachte seine alten Sachen zum Ausbessern; und sie nahm sich ihrer an, glücklich über jede Gelegenheit, die ihn zwang, wiederzukommen.

Im August nahm ihn sein Vater mit auf Küstenfahrt.

Es war die Ferienzeit. Die Ankunft der Kinder tröstete sie. Aber Paul war launisch geworden und Virginie über das Alter hinaus, geduzt zu werden, was ihre Befangenheit schürte und eine Kluft zwischen ihnen schuf.

Victor fuhr nacheinander nach Morlaix, Dünkirchen und Brighton; von jeder dieser Reisen brachte er ihr ein Geschenk mit. Das erste Mal war es ein Muschelkästchen; das zweite Mal eine Kaffeetasse und das dritte Mal ein großer Pfefferkuchenmann. Er sah mittlerweile ungemein gut aus, hatte eine tadellose Figur, einen Anflug von Schnurrbart, einen offenen, geraden Blick und einen Lederhut, den er nach Art der Lotsen ins Genick schob. Er heiterte sie durch Geschichten auf, die mit Seemannsausdrücken gespickt waren.

An einem Montag, dem 14. Juli 1819 (ein Datum, das sie nicht vergaß), eröffnete Victor ihr, daß er für große Fahrt angeheuert habe und in der übernächsten Nacht das Postschiff von Honfleur nehmen werde, um seinen Schoner zu erreichen, der schon bald von Le Havre aus in See stechen sollte. Zwei Jahre wäre er wohl fort.

Die Aussicht auf eine so lange Trennung betrübte Félicité; und um ihm ein letztes Lebewohl zu sagen, zog sie am Mittwochabend, nachdem Madame gespeist hatte, ihre Holzpantinen an und brachte die vier Meilen, die Pont-l'Évêque von Honfleur trennen, raschen Schrittes hinter sich.

Als sie am Kalvarienberg angelangt war, wandte sie sich, anstatt den Weg zur Linken einzuschlagen, nach rechts, verlief sich zwischen den Lagerschuppen und kehrte wieder um; Leute, die sie ansprach, rieten ihr, sich zu sputen. Sie lief rund um das Hafenbecken, in dem sich ein Schiff an das andere drängte, und stieß gegen Haltetaue; dann fiel das Gelände ab, Lichtkegel durchkreuzten sich, und sie glaubte den Verstand verloren zu haben, als sie Pferde am Himmel hängen sah.

Am Rande des Kais wieherten weitere aus Scheu vor dem Meer. Eine Winde hob sie empor und ließ sie in ein Schiff hinab, auf dem sich Reisende zwischen Cidrefässern, Käsekörben und Getreidesäcken drängten; man hörte Hühner gackern, der Kapitän fluchte; ein Schiffsjunge lehnte regungslos am Ankerbalken, als ginge ihn all das nichts an. Félicité, die ihn nicht erkannt hatte, rief: »Victor!« Er hob den Kopf. Sie stürzte los; da wurde plötzlich die Schiffstreppe eingeholt.

Von singenden Frauen getreidelt, verließ das Postschiff den Hafen. Seine Spanten knarrten, die schweren Wogen klatschten gegen seinen Bug. Das Segel hatte sich gedreht, zu sehen war niemand mehr; – und auf der vom Mond versilberten See blieb nur ein schwarzer Fleck zurück, der immer fahler wurde, sank, verschwand.

Als Félicité am Kalvarienberg vorüberkam, wollte sie Gott empfehlen, was ihr das Liebste war; und sie betete lange, stehend, mit tränenüberströmtem Gesicht, den Blick zu den Wolken gewandt. Die Stadt schlief, Zollaufseher schlenderten auf und ab; und unaufhaltsam schoß Wasser aus den Ritzen der Schleuse, mit dem Getöse eines Sturzbachs. Es schlug zwei Uhr.

Das Besuchszimmer würde nicht vor Tagesanbruch geöffnet werden. Eine Säumnis wäre Madame gewiß nicht recht; und trotz ihres Verlangens, das andere Kind zu umarmen, lenkte sie ihre Schritte heim. Die Mägde im Gasthof wurden eben erst wach, als sie Pont-l'Évêque erreichte.

Der arme Junge sollte nun also monatelang über die Wellen schaukeln! Seine früheren Fahrten hatten sie nicht geschreckt. Von England und aus der Bretagne kehrte man zurück; Amerika aber, die Kolonien, die Antillen, das verlor sich in ungewissen Regionen, am anderen Ende der Welt.

Von nun an dachte Félicité an nichts anderes mehr als an ihren Neffen. An sonnigen Tagen war es der Durst, der ihr nicht aus dem Kopf ging; wenn es gewitterte, fürchtete sie für ihn den Blitz. Wenn sie den Wind hörte, der im Kamin grollte und die Schieferplatten losriß, sah sie ihn in eben diesem Sturm, ganz hintüber gebeugt an der Spitze eines geborstenen Mastes, in einem Schwall von Gischt; oder aber – sie entsann sich der Kupferstiche des Erdkundebuchs – er wurde von den Wilden gefressen, in einem Wald von Affen gefangen, lag sterbend an einem verlassenen Strand. Und niemals sprach sie von ihren Sorgen.

Madame Aubain hatte andere, ihrer Tochter wegen.

Die Ordensschwestern fanden, sie sei liebenswert, aber sensibel. Die geringste Erregung setzte ihr zu. Das Klavierspiel mußte sie aufgeben.

Ihre Mutter verlangte vom Kloster regelmäßige Nachricht. Als der Briefträger eines Morgens nicht gekommen war, sorgte sie sich; und sie ging im Salon auf und ab, vom Sessel zum Fenster. Das war ganz und gar ungewöhnlich! seit vier Tagen keine Nachricht!

Um sie mit ihrem Beispiel zu trösten, sagte Félicité zu ihr:

– Ich, Madame, habe schon seit sechs Monaten nichts mehr gehört!...

– Von wem denn?

Die Dienstmagd erwiderte leise:

– Na... von meinem Neffen!

– Ach! Ihr Neffe!

Und mit einem Schulterzucken nahm Madame Aubain ihre Wanderung wieder auf, was soviel bedeutete wie: »Daran hatte ich nicht gedacht! Außerdem – das ist mir egal! ein Schiffsjunge, ein Taugenichts, na wenn schon...! Hingegen meine Tochter... Bedenken Sie doch!...«

Félicité, obschon von klein auf an Schroffheit gewohnt, nahm ihrer Herrin das übel, doch trug sie es ihr nicht lange nach.

Es schien ihr ganz natürlich, der Kleinen wegen den Kopf zu verlieren.

Die beiden Kinder galten ihr gleich viel; ein Band ihres Herzens einte sie, und der einen wie des anderen Schicksal konnte nur das nämliche sein.

Vom Apotheker erfuhr sie, daß Victors Schiff in Havanna angekommen war. Er hatte die Nachricht in einer Zeitung gelesen.

Wegen der Zigarren stellte sie sich Havanna als ein Land vor, in dem man nichts anderes tat als zu rauchen, und Victor schlenderte in einer Tabakswolke unter Negern umher. Konnte man »im Fall der Fälle« auf dem Landweg heimkehren? Wie weit war es von dort bis Pont-l'Évêque? Um das zu erfahren, befragte sie Monsieur Bourais.

Er langte seinen Atlas hervor und begann, die Längengrade zu erklären, mit einem feinen schulmeisterlichen Schmunzeln bemerkte er Félicités verständnisloses Staunen. Schließlich tippte er mit seinem Bleistifthalter auf einen schwarzen, kaum erkennbaren Punkt am zerklüfteten Rand eines länglichen Flecks und sagte: »Hier.« Sie beugte sich über die Karte; dieses Netz farbiger Linien strengte ihre Augen an, ohne ihr etwas zu bedeuten; und als Bourais sie aufforderte zu sagen, was ihr Verlegenheit bereite, bat sie ihn, ihr das Haus zu zeigen, in dem Victor wohne. Bourais hob die Arme, prustete und lachte schallend; an solcher Einfalt hatte er sein Vergnügen; Félicité aber begriff nicht, was ihn so erheiterte – mochte sie doch am Ende gar erwartet haben, das Abbild ihres Neffen zu sehen, so sehr war ihr Verstand beschränkt!

Zwei Wochen später trat Liébard wie gewöhnlich zur Marktzeit in die Küche und übergab ihr einen Brief, den ihr Schwager schickte. Da sie beide nicht lesen konnten, wandte sie sich an ihre Herrin.

Madame Aubain, die gerade Maschen zählte, legte ihr Strickzeug zur Seite, machte den Brief auf, zuckte zusammen und sagte leise, mit ernstem Blick:

– Das ist ein Unglück… das man Ihnen mitteilt. Ihr Neffe…

Er war tot. Mehr stand nicht darin.

Félicité sackte auf einen Stuhl, lehnte den Kopf gegen die Wand und schloß die Lider, die sich plötzlich röteten. Dann, mit gesenktem Kopf, hängenden Armen und starrem Blick, stieß sie ein um das andere Mal hervor:

– Armes Jungchen! Armes Jungchen!

Liébard schaute sie an und seufzte dabei. Madame Aubain zitterte ein wenig.

Sie schlug ihr vor, ihre Schwester in Trouville aufzusuchen.

Félicité gab ihr durch eine Geste zu verstehen, daß das nicht nötig sei.

Eine Zeitlang herrschte Stille. Der gute Liébard hielt es für angebracht, sich zurückzuziehen.

Dann sagte sie:

– Denen macht das nichts aus!

Ihr Kopf fiel zurück; und mechanisch hob sie dann und wann die langen Nadeln vom Nähtisch auf.

Über den Hof brachten Frauen auf einer Trage einen Stoß Leintücher fort, aus denen noch das Wasser troff.

Als sie es durch die Scheiben gewahrte, dachte sie an ihre Wäsche; sie hatte sie gestern mit Lauge übergossen, und heute mußte sie ausgespült werden; und sie ging aus dem Haus.

Ihr Brett und ihr Waschfaß standen am Ufer der

Toucques. Sie warf einen Stoß Hemden auf die Böschung, krempelte die Ärmel hoch, nahm ihren Bleuel zur Hand; und ihre kräftigen Schläge waren bis in die umliegenden Gärten zu hören. Die Wiesen waren verlassen, der Wind trieb Wellen über den Fluß; am Grunde wiegten sich lange Gräser wie das Haar von Leichen, die im Wasser trieben. Sie hielt ihren Schmerz zurück und blieb bis zum Abend sehr tapfer; dann aber, in ihrer Kammer, ließ sie ihm freien Lauf, lag bäuchlings auf ihrer Matratze, das Gesicht im Kissen vergraben und die Fäuste gegen die Schläfen gepreßt.

Sehr viel später, durch Victors Kapitän selbst, erfuhr sie die näheren Umstände seines Todes. Man hatte ihn, des gelben Fiebers wegen, im Hospital zu sehr zur Ader gelassen. Vier Ärzte zugleich mußten ihn festhalten. Kurz darauf war er tot, und der Direktor hatte gesagt:

– So! Wieder einer!

Seine Eltern hatten ihn stets roh behandelt. Sie zog es vor, sie nicht wiederzusehen; und auch sie machten keine Anstalten, sei es aus Vergeßlichkeit oder weil das Elend sie hartherzig gemacht hatte.

Virginie wurde schwächer.

Beklemmungen, Husten, ein fortwährendes Fieber und streifige Flecken auf den Wangen deuteten auf ein ernsthaftes Leiden hin. Monsieur Poupart hatte zu einem Aufenthalt in der Provence geraten. Madame Aubain entschloß sich dazu, und wenn das Klima von Pont-l'Évêque ein anderes gewesen wäre, hätte sie ihre Tochter sogleich nach Hause zurückgeholt.

Sie traf eine Vereinbarung mit einem Droschkenvermieter, der sie jeden Dienstag zum Kloster brachte. Im Garten gibt es eine Terrasse, von der aus man die Seine sehen kann. Dort ging Virginie an ihrem Arm über herabgefallenes Weinlaub spazieren. Manchmal brach die Sonne durch die Wolken und zwang sie zu blinzeln, wenn sie die Segelschiffe in der Ferne betrachtete und den weiten Horizont, vom Château de Tancarville bis zu den Leuchttürmen von Le Havre. Anschließend ruhte man unter der Laube aus. Ihre Mutter hatte ein Fäßchen ausgezeichneten Malagaweins besorgt; und belustigt von der Vorstellung, einen Schwips zu bekommen, trank sie zwei Fingerbreit davon, mehr nicht.

Sie kam wieder zu Kräften. Gemächlich ging der Herbst dahin. Félicité beruhigte Madame Aubain. Aber eines Abends, als sie von einer Besorgung in der Nachbarschaft zurückkehrte, sah sie vor der Tür Monsieur Pouparts Einspänner stehen; er selbst stand im Hausflur. Madame Aubain band ihren Hut.

– Geben Sie mir meinen Fußsack, meine Börse, meine Handschuhe; so beeilen Sie sich doch!

Virginie hatte eine Lungenentzündung; es war möglicherweise hoffnungslos.

– Noch nicht! sagte der Arzt, und beide stiegen in den Wagen, im Wirbel der Schneeflocken. Bald würde die Nacht hereinbrechen. Es war bitter kalt.

Félicité eilte in die Kirche, um eine Kerze anzuzünden. Dann lief sie hinter dem Einspänner her, den sie nach einer Stunde einholte, sprang behende von hinten auf und hielt sich an den Federriemen fest, als ihr plötzlich etwas durch den Kopf ging: »Das Hoftor war nicht geschlossen! wenn nun Diebe sich einschlichen?« Und sie sprang ab.

Am nächsten Morgen wurde sie in aller Frühe bei dem Arzt vorstellig. Er war zurückgekehrt, aber wieder aufs Land gefahren. Dann blieb sie im Gasthof, in der Erwartung, daß irgendwer ihr einen Brief bringen würde. Schließlich, bei Anbruch des nächsten Tages, nahm sie die Postkutsche nach Lisieux.

Das Kloster lag am Ende einer abschüssigen Gasse. Auf halbem Wege hörte sie sonderbare Töne, eine Totenglocke. »Die gilt anderen«, dachte Félicité; und sie zog heftig den Türklopfer.

Nach einigen Minuten schlurften Pantinen heran, die Tür wurde einen Spalt weit geöffnet und eine Nonne erschien.

Mit betrübter Miene sagte die Ordensschwester, daß »sie soeben dahingegangen sei«. Im gleichen Augenblick begann die Totenglocke von Saint-Léonard stärker zu läuten.

Félicité erreichte den zweiten Stock.

Von der Schwelle des Raumes aus erblickte sie Virginie, auf dem Rücken ausgestreckt, mit gefalteten Händen, offenem Mund und hintüber gestrecktem Kopf unter einem schwarzen Kreuz, das sich zu ihr neigte, zwischen den reglosen Vorhängen, die weniger bleich waren als ihr Gesicht. Madame Aubain kniete am Fußende des Bettes, das sie mit den Armen umfaßte, und schluchzte verzweifelt. Die Oberin stand zur Rechten. Drei Leuchter auf der Kommode bildeten rote Flecken, und der Nebel machte die Fenster weiß. Nonnen führten Madame Aubain fort.

Zwei Nächte lang wich Félicité nicht von der Toten. Immer wieder sprach sie dieselben Gebete, sprengte Weihwasser auf die Laken, setzte sich dann wieder und schaute sie an. Am Ende der ersten Nachtwache bemerkte sie, daß das Gesicht gelb geworden war, die Lippen färbten sich bläulich, die Nase wurde schmaler, die Augen waren eingesunken. Mehr als einmal küßte sie die Lider und wäre nicht übermäßig erstaunt gewesen, wenn Virginie sie wieder geöffnet hätte; für solche Seelen ist das Übernatürliche ganz einfach. Sie kleidete sie an, hüllte sie in das Leichentuch, legte sie in den Sarg, setzte ihr einen Kranz auf, breitete ihr das Haar aus. Es war blond und außergewöhnlich lang für ihr Alter. Félicité schnitt eine dicke Strähne davon ab, die sie zur Hälfte in ihr Brusttuch gleiten ließ, fest entschlossen, sich niemals davon zu trennen.

Der Leichnam wurde nach Pont-l'Évêque überführt, dem Wunsch von Madame Aubain entsprechend, die dem Leichenwagen in einer geschlossenen Kutsche folgte.

Nach der Messe war es noch eine dreiviertel Stunde bis zum Friedhof. Paul ging voran und schluchzte. Ihm folgte Monsieur Bourais, dahinter die Honoratioren des Ortes, dann die Frauen, in schwarzen Umhängen, und Félicité. Sie dachte an ihren Neffen, und da sie ihm diese Ehre nicht hatte erweisen können, empfand sie um so tiefere Trauer, als hätte man ihn zugleich mit der anderen beerdigt.

Madame Aubains Verzweiflung war grenzenlos.

Anfangs empörte sie sich gegen Gott, fand es ungerecht, daß er ihr die Tochter genommen hatte – ihr, die nie etwas Unrechtes getan hatte und deren Gewissen so rein war! Aber nein! sie hätte mit ihr in den Süden fahren sollen. Andere Ärzte hätten sie gerettet! Sie klagte sich an, wollte ihr nachfolgen, fuhr schreiend aus ihren Angstträumen auf. Einer vor allem verfolgte sie. Ihr Mann, gekleidet wie ein Matrose, kehrte von einer langen Reise zurück und bedeutete ihr unter Tränen, er habe Weisung erhalten, Virginie mitzunehmen. Daraufhin überlegten sie gemeinsam, wo man ein Versteck für sie finden könne.

Einmal kam sie verstört aus dem Garten. Eben seien ihr (sie zeigte die Stelle) der Vater und die Tochter erschienen, einer neben der anderen, ohne etwas zu tun, außer sie anzuschauen.

Mehrere Monate lang verharrte sie untätig in ihrem Zimmer. Félicité redete ihr gut zu; sie müsse sich für ihren Sohn aufrechterhalten, und auch für die andere, der Erinnerung »an sie« zuliebe.

»An sie?« erwiderte Madame Aubain, als erwache sie aus einem Traum. »Ach ja! ... ja! ... Sie vergessen sie nicht!« Eine Anspielung auf den Friedhof, den aufzusuchen man ihr fürsorglich verboten hatte.

Félicité begab sich jeden Tag dorthin.

Um Punkt vier Uhr ging sie die Reihe der Häuser entlang, stieg den Hügel hinauf, öffnete das Tor und trat vor Virginies Grab. Es bestand aus einer kleinen Säule aus rosafarbenem Marmor, mit einer Platte darunter und Ketten ringsum, die es einem Gärtchen gleich einschlossen. Die Randstreifen verschwanden unter einer Blumendecke. Sie begoß ihre Blätter, erneuerte den Sand, kniete sich hin, um den Boden besser auflockern zu können. Als Madame Aubain schließlich hingehen durfte, verspürte sie eine Erleichterung, eine Art Trost.

Dann gingen die Jahre ins Land, eines um das andere und ohne besondere Vorkommnisse, abgesehen von der Wiederkehr der hohen Feste: Ostern, Himmelfahrt, Allerheiligen. Häusliche Ereignisse mußten herhalten, um spätere Erinnerungen einzuordnen. 1825 zum Beispiel verkitteten zwei Glaser die Scheiben im Flur; 1827 stürzte ein Teil des Daches in den Hof und hätte beinahe einen Mann erschlagen. Im Sommer 1828 fiel es Madame zu, das geweihte Brot zu spenden; etwa um diese Zeit verschwand Bourais auf mysteriöse Weise; und nach und nach verstarben die alten Bekannten: Guyot, Liébard, Madame Lechaptois, Robelin, der Onkel Gremanville, der schon seit langem gelähmt war.

Eines Nachts verkündete der Postschaffner in Pont-l'Évêque die Juli-Revolution. Wenige Tage später wurde ein neuer Unterpräfekt ernannt: der Baron de Larsonnière, der zuvor Konsul in Amerika gewesen war und außer seiner Frau seine Schwägerin nebst drei jungen, schon recht erwachsenen Töchtern bei sich hatte. Man sah sie, in wallenden Blusen, auf ihrem Rasen; sie hatten einen Neger und einen Papagei. Sie beehrten Madame Aubain, und sie versäumte nicht, ihren Besuch zu erwidern. Sobald sie sich auch nur von ferne zeigten, lief Félicité los, um ihrer Herrin Bescheid zu geben. Die aber vermochte nur eines zu bewegen, die Briefe ihres Sohnes.

Er wußte in keinem Beruf Fuß zu fassen, da er nicht von den Wirtshäusern lassen konnte. Sie beglich seine Schulden; er machte neue; und die Seufzer, die Madame Aubain ausstieß, wenn sie am Fenster saß und strickte, drangen bis zu Félicité, die in der Küche ihr Spinnrad drehte.

Sie gingen zusammen am Spalier entlang spazieren und plauderten stets über Virginie, fragten sich, ob ihr dies oder jenes gefallen, und was sie bei solcher Gelegenheit wohl gesagt hätte.

Alle ihre kleinen Habseligkeiten waren in einem Wandschrank in dem Zimmer mit den zwei Betten verstaut. Madame Aubain sah so selten wie möglich nach ihnen. Eines Tages im Sommer rang sie sich dazu durch; und Schmetterlinge flatterten aus dem Schrank.

Ihre Kleider hingen aufgereiht unter einem Brett, auf dem drei Puppen, Reifen, eine Puppenküche und die Schüssel standen, die sie zum Waschen benutzt hatte. Sie nahmen auch die Unterröcke, die Strümpfe und die Taschentücher heraus und breiteten sie auf den beiden Betten aus, bevor sie sie wieder zusammenfalteten. Die Sonne schien auf diese armseligen Sachen, so daß die Flecken sichtbar wurden und Falten, die sich durch die Bewegungen ihres Körpers gebildet hatten. Die Luft war warm und blau, eine Amsel zwitscherte, alles schien sanft und innig von Leben erfüllt. Sie fanden einen kleinen, kastanienbraunen Hut aus langhaarigem Plüsch wieder; aber er war schon ganz von Motten zerfressen. Félicité bat, ihn behalten zu dürfen. Sie blickten einander an, ihre Augen füllten sich mit Tränen; schließlich breitete die

Herrin die Arme aus, die Magd warf sich hinein; und sie umarmten sich und überließen sich ihrem Schmerz in einem Kuß, der sie einander gleich machte.

Das war das erste Mal in ihrem Leben, denn Madame Aubain war von Natur aus eher verschlossen. Félicité dankte es ihr wie eine Wohltat und war ihr fortan mit einer hündischen Ergebenheit und frommen Verehrung zugetan.

Die Güte ihres Herzens entfaltete sich.

Wenn sie auf der Straße die Trommeln eines vorbeimarschierenden Regiments hörte, stellte sie sich mit einem Krug Cidre vor die Tür und bot den Soldaten zu trinken an. Sie pflegte die Cholerakranken. Sie stand den Polen bei, und einer der Flüchtlinge erklärte gar, sie heiraten zu wollen. Aber sie zerstritten sich; denn eines Morgens, als sie vom Angelusgebet heimkam, fand sie ihn in ihrer Küche, in die er sich eingeschlichen hatte, wie er sich in aller Seelenruhe an einer Portion Sauerfleisch gütlich tat.

Nach den Polen war es der alte Colmiche, ein Greis, von dem es hieß, daß er 1793 Greueltaten begangen habe. Er lebte am Ufer des Flusses in einem verfallenen Schweinestall. Die Gassenjungen begafften ihn durch die Ritzen der Mauer und warfen Kiesel hindurch, die auf das Krankenlager fielen, auf dem er lag, unaufhörlich geschüttelt von einem Katarrh, mit überlangen Haaren, entzündeten Lidern und einer Geschwulst am Arm, die größer war als sein Kopf. Sie besorgte ihm Wäsche, versuchte seine Behausung zu säubern, träumte davon, ihn in der Backstube unterzubringen, ohne daß er Madame störte. Als die Krebsgeschwulst durchgebrochen war, verband sie ihn täglich, brachte ihm bisweilen ein Stück Blechkuchen mit, legte ihn in die Sonne, auf ein Bündel Stroh; und der arme Alte dankte ihr, sabbernd und zitternd mit erloschener Stimme, fürchtete sie zu verlieren, streckte die Hände nach ihr aus, sobald er sie fortgehen sah. Er starb; sie ließ eine Messe für den Frieden seiner Seele lesen.

An jenem Tag wurde ihr ein großes Glück zuteil: zur Essenszeit erschien der Neger von Madame de Larsonnière, er hielt den Papagei in seinem Käfig, mitsamt der Stange, der Kette und dem Hängeschloß. Ein Kärtchen der Baronin kündigte Madame Aubain an, daß sie, nachdem ihrem Mann eine Präfektur übertragen worden sei, noch am Abend abreisen würden; und sie bat sie, diesen Vogel zum Andenken und als Zeichen ihrer Wertschätzung entgegenzunehmen.

Er beschäftigte Félicités Phantasie schon seit langem, denn er kam aus Amerika, und dieses Wort erinnerte sie an Victor, so sehr, daß sie sich bei dem Neger danach erkundigte. Einmal hatte sie sogar gesagt: »An dem würde Madame ihre Freude haben!«

Der Neger hatte seiner Herrin diese Bemerkung hinterbracht, die sich, da sie den Vogel nicht mitnehmen konnte, auf diese Weise seiner entledigte.

IV

Er hieß Loulou. Sein Körper war grün, die Flügelspitzen rosa, die Stirn blau und der Hals golden.

Allerdings hatte er die lästige Angewohnheit, an seiner Stange herumzubeißen, rupfte sich die Federn aus, verkleckerte seinen Kot und spritzte das Wasser seines Bades umher; Madame Aubain, der er lästig wurde, schenkte ihn Félicité.

Sie versuchte, ihm etwas beizubringen; bald plapperte er nach: »Feiner Junge! Zu Diensten, Monsieur! Gegrüßet seist du, Marie!« Sein Platz war neben der Tür, und manch einer war erstaunt, daß er nicht auf den Namen Jako hörte, wo doch alle Papageien Jako hießen. Man schalt ihn eine dumme Gans, einen Holzkopf: für Félicité jedes Mal ein Stich ins Herz! Aber Loulou hatte nun einmal die seltsame Eigenart, keinen Ton mehr zu sagen, sobald man ihn anschaute!

Nichtsdestoweniger suchte er Gesellschaft, denn sonntags, wenn die jungen Damen Rochefeuille, Monsieur de Houppeville und neue Stammgäste: der Apotheker Onfroy, Monsieur Varin und der Kapitän Mathieu Karten spielten, schlug er mit den Flügeln gegen die Scheiben und gebärdete sich so toll, daß man sein eigenes Wort nicht mehr verstand.

Bourais' Gesicht fand er offenbar besonders ulkig. Sobald er seiner ansichtig wurde, begann er zu lachen, unbändig zu lachen. Sein Gekecker hallte durch den Hof, das Echo warf es zurück, die Nachbarn hingen in den Fenstern und lachten auch; und um von dem Papagei nicht gesehen zu werden, drückte Monsieur Bourais sich an der Wand entlang, verbarg sein Profil unter dem Hut, erreichte den Fluß und trat dann durch die Gartenpforte ein; und die Blicke, die er dem Vogel zuwarf, waren alles andere als zärtlich.

Loulou hatte vom Metzgerjungen eins auf den Schnabel bekommen, weil er sich erfrecht hatte, den Kopf in seinen Korb zu stecken; und seitdem versuchte er immer, ihn durch sein Hemd zu zwicken. Fabu drohte, ihm den Hals umzudrehen, obwohl er nicht grausam war, trotz seiner tätowierten Arme und seines üppigen Backenbarts. Im Gegenteil! er hatte eher eine Vorliebe für den Papagei und wollte ihm gar, aus einer jovialen Laune heraus, Flüche beibringen. Félicité war über derlei Anstalten entsetzt und brachte ihn in die Küche. Seine Kette wurde ihm abgenommen, und er flatterte frei im Haus umher.

Wenn er die Treppe hinunterstieg, stützte er sich mit seinem krummen Schnabel auf den Stufen ab, hob den rechten Fuß, dann den linken; und sie fürchtete, eine dieser Turnübungen könnte ihn schwindelig machen. Er wurde krank und konnte nicht mehr sprechen noch fressen. Es war eine Schwellung unter der Zunge, wie sie die Hühner manchmal haben. Sie heilte ihn, indem sie das verhornte Knötchen mit den Fingernägeln herausriß. Einmal war Monsieur Paul so leichtfertig, ihm den Rauch einer Zigarre in die Nasenlöcher zu blasen; ein anderes Mal neckte ihn Madame Lormeau mit der Spitze ihres Sonnenschirms, er rupfte den Ring ab; dann war er auf einmal verschwunden.

Sie hatte ihn auf den Rasen gesetzt, um ihm eine Erfrischung zu gönnen, und ließ ihn eine Minute allein; und als sie zurückkehrte, kein Papagei mehr! Sie suchte zunächst im Gebüsch, am Ufer und auf den Dächern, ohne auf ihre Herrin zu hören, die ihr nachrief: »So passen Sie doch auf! Sie sind verrückt!« Dann durchsuchte sie alle

Gärten von Pont-l'Évêque und hielt die Vorübergehenden an. – »Haben Sie nicht zufällig irgendwo meinen Papagei gesehen?« Und denen, die den Papagei nicht kannten, beschrieb sie ihn. Plötzlich glaubte sie, hinter den Mühlen, am Fuße des Hügels, etwas Grünes flattern zu sehen. Aber am Hang des Hügels – nichts! Ein Hausierer versicherte ihr, ihn eben noch in Saint-Melaine gesehen zu haben, im Laden der Mutter Simon. Sie lief dorthin. Man verstand nicht, wovon sie redete. Schließlich kehrte sie heim, erschöpft, die Pantinen in Fetzen, zu Tode betrübt; und während sie neben Madame auf der Bank saß und ihr berichtete, wo sie überall gewesen war, ließ sich etwas Leichtes auf ihrer Schulter nieder: Loulou! Was zum Teufel hatte er getrieben? Vielleicht war er in der Nachbarschaft spazierengegangen!

Sie erholte sich nur schwer davon, im Grunde gar nicht.

Als Folge einer Erkältung bekam sie eine Halsentzündung; kurz darauf ein Ohrenleiden. Drei Jahre später war sie taub; und sie sprach sehr laut, selbst in der Kirche. Obwohl ihre Sünden bis in den letzten Winkel des Kirchensprengels hätten verbreitet werden können, ohne ihr zur Unehre noch der Welt zum Ärgernis zu gereichen, hielt der Herr Pfarrer es für angebracht, ihr die Beichte nur noch in der Sakristei abzunehmen.

Trügerisches Ohrensausen verwirrte sie vollends. Häufig sagte ihre Herrin zu ihr: »Gott, sind Sie dumm!«, und sie antwortete: »Ja, Madame« und begann etwas in ihrer Nähe zu suchen.

Der kleine Kreis ihrer Gedanken verengte sich noch mehr, und das Geläut der Glocken, das Brüllen der Rinder existierten nicht mehr. Alles Leben vollzog sich in gespenstischer Stille. Nur ein Geräusch drang noch in ihr Ohr, die Stimme des Papageis.

Wie um sie zu zerstreuen, ahmte er das Tick-Tack des

Bratenwenders nach, das schrille Geschrei eines Fischverkäufers, die Säge des Tischlers, der gegenüber wohnte; und Madame Aubains Ruf, wenn es läutete: »Félicité! die Tür! die Tür!«

Sie führten Zwiegespräche, bei denen er bis zum Überdruß die drei Sätze seines Repertoires von sich gab und sie ihm zur Antwort darauf, ohne Zusammenhang, ihr Herz ausschüttete. In ihrer Vereinsamung war Loulou ihr beinahe ein Sohn, ein Geliebter. Er kletterte an ihren Fingern empor, beknabberte ihre Lippen, krallte sich in ihr Brusttuch; und wenn sie die Stirn neigte und wie die Ammen den Kopf hin und her wiegte, bewegten sich die Flügel ihrer Haube und die des Vogels im Takt.

Wenn sich Wolken auftürmten und der Donner grollte, stieß er Schreie aus, vielleicht in Erinnerung an die Regenschauer seiner heimatlichen Wälder. Das Rauschen des Wassers brachte ihn aus dem Häuschen; er flatterte wie toll herum, stieß an die Decke, warf alles um und flog durch das Fenster in den Garten, um dort herumzuplanschen; dann aber kehrte er schnell zurück, hüpfte auf einem der Feuerböcke hin und her, um sein Gefieder zu trocknen, und zeigte mal seine Schwanzfedern, mal seinen Schnabel.

Eines Morgens in dem schrecklichen Winter 1837, als sie ihn der Kälte wegen vor den Kamin gestellt hatte, fand sie ihn tot in seinem Käfig, den Kopf nach unten und die Krallen in den Gitterstäben. Ob ihn der Schlagfluß dahingerafft hatte? Sie glaubte an eine Vergiftung durch Petersilie; und obwohl es nicht den mindesten Beweis dafür gab, richtete sich ihr Verdacht auf Fabu.

Sie weinte dermaßen, daß ihre Herrin ihr riet: »Herrje! lassen Sie ihn ausstopfen!«

Sie fragte den Apotheker, der stets gut zu dem Papagei gewesen war, um Rat.

Er schrieb nach Le Havre. Ein gewisser Fellacher sagte

zu, die Arbeit zu machen. Aber weil mit der Schnellpost versandte Pakete mitunter abhanden kamen, beschloß sie, ihn selbst nach Honfleur zu bringen.

Kahle Apfelbäume säumten die Straße zu beiden Seiten. Eis bedeckte die Gräben. Hunde bellten in der Nähe der Höfe; und hurtig schritt sie, die Hände unter dem Umhang, mit ihren kleinen schwarzen Pantinen und ihrem Korb über die Mitte des Pflasters dahin.

Sie durchquerte den Wald, ließ Haut-Chêne hinter sich, erreichte Saint-Gatien.

Hinter ihr brauste, in einer Wolke von Staub und vom Gefälle beflügelt, in vollem Galopp, einer Windhose gleich, eine Postkutsche heran. Als er sie sah, diese Frau, die sich nicht darum scherte, richtete der Schaffner sich auf, über das Verdeck hinaus, und auch der Postillion schrie, doch die vier Pferde, die er nicht zurückhalten konnte, beschleunigten ihren Lauf; die beiden ersten streiften sie; mit einem Ruck seiner Zügel riß er sie zur Seite bis an den Rand der Straße, hob aber wutentbrannt den Arm, und seine lange Peitsche versetzte ihr mit voller Wucht einen solchen Hieb vom Leib bis hinauf zum Nacken, daß sie auf den Rücken fiel.

Als erstes, kaum daß sie zu sich kam, öffnete sie ihren Korb. Loulou, zum Glück, war nichts geschehen. Auf ihrer rechten Wange spürte sie ein Brennen; sie faßte hin und ihre Hände waren rot. Sie blutete.

Sie setzte sich auf einen Schotterhaufen, tupfte sich das Gesicht mit einem Taschentuch ab, aß dann den Kanten Brot, den sie vorsorglich in ihren Korb gelegt hatte, und tröstete sich über ihre Verletzung hinweg, indem sie den Vogel betrachtete.

Als sie die Anhöhe bei Ecquemauville erreichte, sah sie die Lichter von Honfleur vor sich, die durch die Nacht funkelten wie ein Haufen Sterne; dahinter, in undeutlicher Ferne, erstreckte sich das Meer. Da befiel sie eine

Schwäche; und das Elend ihrer Kindheit, die Enttäuschung der ersten Liebe, die Abreise ihres Neffen, der Tod Virginies kamen wie die Wogen einer Flut auf einmal zurück, stiegen in ihr hoch und drückten ihr die Kehle zu.

Dann verlangte sie den Kapitän des Postschiffs zu sprechen; und ohne zu sagen, was sie verschickte, gab sie ihm Anweisungen.

Fellacher behielt den Papagei lange. Er versprach ihn stets für die nächste Woche; nach sechs Monaten kündigte er an, daß eine Kiste unterwegs sei; und dann ließ er nichts mehr von sich hören. Es schien, als solle Loulou nie mehr zurückkehren. »Sie haben ihn mir gestohlen!« dachte sie.

Schließlich kam er an, – und es war eine Pracht, wie er auf seinem Ast hockte, der auf einen Mahagonisockel aufgeschraubt war, eine Kralle hochhielt und mit zur Seite geneigtem Kopf an einer Nuß knabberte, die der Ausstopfer aus seinem Hang zum Großartigen vergoldet hatte.

Sie schloß ihn in ihre Kammer ein.

Dieses Zimmer, zu dem sie nur Wenigen Zutritt gewährte, glich einer Kapelle und einem Basar zugleich, so viele fromme Gegenstände und merkwürdige Dinge enthielt es.

Ein großer Schrank behinderte das Öffnen der Tür. Gegenüber dem Fenster, das zum Garten hinausragte, blickte eine runde Dachluke in den Hof; auf einem Tisch nahe dem Gurtbett stand ein Wasserkrug, neben dem zwei Kämme und, in einer angeschlagenen Schüssel, ein Stück blaue Seife lagen. An den Wänden sah man: Rosenkränze, Gedenkmünzen, mehrere Marienbilder, ein Weihwasserbecken aus einem Stück Kokosnuß; auf der Kommode, die wie ein Altar mit einem Tuch bedeckt war, das Muschelkästchen, das Victor ihr geschenkt hatte;

außerdem eine Gießkanne und einen Ball, Schreibhefte, die Erdkunde in Kupferstichen, ein Paar Schnürstiefelchen; und an dem Nagel, der den Spiegel hielt, hing, an seinen Bändern festgemacht, der kleine Plüschhut! Félicité trieb diese Art Verehrung gar soweit, daß sie einen der Gehröcke von Monsieur aufhob. All den alten Plunder, den Madame Aubain nicht mehr wollte, nahm sie mit und bewahrte ihn in ihrer Kammer auf. So kam es, daß am Rand der Kommode künstliche Blumen standen und in der Nische der Dachluke das Bild des Grafen von Artois hing.

Mit Hilfe eines Brettchens wurde Loulou auf einem Kaminstein befestigt, der in das Zimmer hineinragte. Jeden Morgen, wenn sie aufwachte, sah sie ihn im Licht der Dämmerung und erinnerte sich vergangener Tage und unbedeutender Geschehnisse bis in die kleinsten Einzelheiten, ohne Schmerz, voller Gelassenheit.

Da sie mit niemandem sprach, lebte sie empfindungslos vor sich hin wie eine Schlafwandlerin. Allein die Fronleichnamsprozessionen ließen sie aufleben. Sie ging bei den Nachbarinnen Kerzen und Strohmatten sammeln, um den Altar zu verschönern, den man auf der Straße errichtete.

In der Kirche betrachtete sie immerfort den Heiligen Geist und stellte fest, daß er etwas von dem Papagei hatte. Besonders augenfällig erschien ihr diese Ähnlichkeit auf einem Bilderbogen aus Epinal, der die Taufe unseres Heilands darstellte. Mit seinen purpurnen Schwingen und seinem smaragdgrünen Leib war er wirklich das Ebenbild von Loulou.

Sie kaufte das Bild und hängte es dort auf, wo zuvor der Graf von Artois seinen Platz hatte, – so daß sie nun beide zugleich mit einem Blick erfassen konnte. In ihrer Vorstellung wurden sie eins, der Papagei wurde geheiligt durch diese Ähnlichkeit mit dem Heiligen Geist, der seinerseits in ihren Augen lebendiger und verständlicher wurde. Gott der Herr hatte, um sich zu offenbaren, keine Taube wählen können, weil diese Tiere der Sprache ja nicht mächtig sind, sondern einen der Vorfahren von Loulou. Und Félicité betete, während sie das Bild anblickte, aber zuweilen wandte sie sich auch ein wenig dem Vogel zu.

Sie verspürte den Wunsch, dem Orden der Heiligen Jungfrau beizutreten. Madame Aubain redete ihr das aus.

Ein bedeutendes Ereignis stand ins Haus: die Hochzeit von Paul.

Nachdem er zunächst Kanzlist bei einem Notar gewesen war, dann Gehilfe in einem Handelskontor, beim Zoll, in der Steuerverwaltung, und sich schließlich gar bei der Forst- und Wasserverwaltung beworben hatte, hatte er plötzlich, mit sechsunddreißig Jahren, durch eine Eingebung des Himmels seine wahre Berufung entdeckt: das Registeramt! und erwies sich dort als so fähig, daß ein Revisor ihm seine Tochter angeboten und zugleich seine Protektion versprochen hatte.

Paul, seriös geworden, stellte sie seiner Mutter vor.

Sie mokierte sich über die Bräuche von Pont-l'Évêque, spielte die Prinzessin, kränkte Félicité. Als sie abreiste, fühlte Madame Aubain sich erleichtert.

In der folgenden Woche erfuhr man, daß Monsieur Bourais gestorben war, in der Westbretagne, in einem Gasthof. Das Gerücht, es sei Selbstmord gewesen, bestätigte sich; Zweifel an seiner Rechtschaffenheit kamen auf. Madame Aubain prüfte seine Abrechnungen und stieß sogleich auf eine Fülle von Unregelmäßigkeiten: Veruntreuung von Außenständen, heimliche Holzverkäufe, gefälschte Quittungen und so fort. Außerdem hatte er ein uneheliches Kind und »Beziehungen zu einer Person aus Dozulé«.

Diese Verfehlungen bedrückten sie sehr. Im März

1853 spürte sie Schmerzen in der Brust; ihre Zunge schien wie von einer Art Rauch belegt; die Blutegel linderten ihre Beklemmung nicht; und am neunten Abend verschied sie, gerade zweiundsiebzig Jahre alt.

Man hatte sie für jünger gehalten, der braunen Haare wegen, deren Strähnen ihr bleiches, pockennarbiges Gesicht umrahmten. Nur wenige Freunde trauerten um sie, denn ihre hochfahrende Art hatte Distanz geschaffen.

Félicité beweinte sie, wie man Herrschaften sonst nicht beweint. Daß Madame vor ihr starb, verwirrte ihre Gedanken und schien ihr der Ordnung der Dinge zuwider, nicht statthaft und ungeheuerlich.

Zehn Tage später (so lange brauchte es, aus Besançon herbeizueilen) tauchten die Erben auf. Die Schwiegertochter durchwühlte die Schubläden, suchte Möbel für sich aus, verkaufte die anderen; dann kehrten sie zum Registeramt zurück.

Der Sessel von Madame, ihr Beistelltisch, ihr Fußwärmer, die acht Stühle waren fort! Wo die Stiche gehangen hatten, zeichneten sich an den Wänden gelbliche Vierecke ab. Sie hatten die beiden Betten mitgenommen, mitsamt den Matratzen, und im Schrank war von all den Habseligkeiten Virginies nichts mehr zu sehen! Félicité stieg von einem Stockwerk in das nächste, außer sich vor Trauer.

Am nächsten Tag hing ein Zettel an der Tür; der Apotheker schrie ihr ins Ohr, daß das Haus zum Verkauf stehe.

Sie wankte und mußte sich hinsetzen.

Was sie vor allem betrübte, das war, ihre Kammer verlassen zu müssen, – wo der arme Loulou es doch so gut gehabt hatte. Indem sie ihn mit bangem Blick umfing, flehte sie zum Heiligen Geist und nahm die abgöttische Gewohnheit an, ihre Gebete vor dem Papagei kniend aufzusagen. Manchmal fiel die Sonne, die durch die

Dachluke hereindrang, auf sein Glasauge und warf einen kräftigen Lichtstrahl zurück, der sie in Verzückung versetzte.

Sie hatte eine Rente von dreihundertachtzig Francs, die ihre Herrin ihr ausgesetzt hatte. Der Garten lieferte ihr Gemüse. Kleider besaß sie genug, um bis an das Ende ihrer Tage damit auszukommen, und sie sparte Licht, indem sie zu Bett ging, sobald es dunkel wurde.

Sie ging kaum noch aus dem Haus, um den Laden des Trödlers zu meiden, wo einige der alten Möbel zum Verkauf standen. Seit ihrem Schwindelanfall zog sie ein Bein nach; und da ihre Kräfte nachließen, kam Mutter Simon, die mit ihrem Kolonialwarenladen Bankrott gemacht hatte, jeden Morgen, um ihr das Holz zu spalten und Wasser zu pumpen.

Ihre Augen wurden schwächer. Die Fensterläden wurden nicht mehr geöffnet. Viele Jahre vergingen. Und für das Haus fand sich kein Mieter und auch kein Käufer.

Aus Furcht, man könne sie hinaussetzen, verlangte Félicité keinerlei Reparaturen. Die Dachlatten faulten; einen ganzen Winter hindurch war ihr Kopfpolster feucht. Nach Ostern spuckte sie Blut.

Schließlich bemühte Mutter Simon einen Arzt. Félicité wollte wissen, was sie hatte. Aber da sie zu taub war, alles zu verstehen, hörte sie nur ein Wort heraus: »Lungenentzündung«. Es war ihr geläufig, und sie erwiderte leise:

»Ach! wie Madame« und fand es natürlich, ihrer Herrin zu folgen.

Die Zeit der Fronleichnamsaltäre rückte näher.

Der erste war immer am Fuße des Hügels, der zweite vor dem Postamt, der dritte ungefähr in der Mitte der Straße. Seinetwegen gab es Rivalitäten; die Frauen der Gemeinde entschieden sich schließlich für den Hof von Madame Aubain.

Die Beklemmungen und das Fieber nahmen zu. Félicité grämte sich, nichts für den Altar tun zu können. Wenn sie wenigstens etwas hätte daraufstellen können! Da fiel ihr der Papagei ein. Das sei nicht schicklich, hielten die Nachbarinnen ihr vor. Doch der Pfarrer erlaubte es ihr; sie war darüber so glücklich, daß sie ihn bat, wenn sie tot sei, Loulou, ihren einzigen Reichtum, anzunehmen.

Vom Dienstag auf Sonnabend, den Tag vor Fronleichnam, hustete sie häufiger. Am Abend war ihr Gesicht eingefallen, ihre Lippen klebten am Zahnfleisch; sie mußte sich mehrfach erbrechen; und am nächsten Morgen, bei Tagesanbruch, fühlte sie sich so schwach, daß sie einen Priester rufen ließ.

Drei alte Frauen umstanden sie während der letzten Ölung. Dann erklärte sie, sie müsse mit Fabu sprechen.

Er kam im Sonntagsstaat, die bedrückte Atmosphäre behagte ihm nicht.

– Verzeihen Sie mir, sagte sie und hatte Mühe, den Arm auszustrecken; ich hatte geglaubt, Sie hätten ihn umgebracht!

Was sollte das heißen, dieses Geschwätz? Ihn eines Mordes verdächtigt zu haben, einen Mann wie ihn! Und er empörte sich, war kurz davor, ausfällig zu werden.

– Sie ist nicht mehr bei Trost, Sie sehen ja!

Félicité redete von Zeit zu Zeit mit Schatten. Die alten Frauen entfernten sich. Die Simon frühstückte.

Etwas später nahm sie Loulou, hielt ihn Félicité hin und sagte:

– Kommen Sie, sagen Sie ihm Lebewohl!

Obwohl er ausgestopft war, zerfraßen ihn die Würmer; einer seiner Flügel war gebrochen, das Werg quoll ihm aus dem Bauch. Aber sie, blind wie sie nun war, küßte ihn auf die Stirn und drückte ihn gegen ihre Wange. Die Simon nahm in wieder fort, um ihn auf den Altar zu stellen.

V

Die Wiesen verströmten den Duft des Sommers; Fliegen summten; die Sonne ließ den Fluß flimmern, heizte die Schieferplatten auf. Mutter Simon, die in die Kammer zurückgekehrt war, nickte sanft ein.

Glockengeläut weckte sie; der Vespergottesdienst war zu Ende. Félicités Fieberwahn legte sich. Sie dachte an die Prozession und sah sie vor sich, als ob sie ihr folgte.

Alle Schulkinder, die Kirchensänger und die Feuerwehrleute gingen auf den Bürgersteigen, während in der Mitte der Straße erst der Schweizer mit seiner Hellebarde voranging, dann der Küster mit einem großen Kreuz, der Lehrer, der die Knaben beaufsichtigte, die Nonne, die auf ihre kleinen Mädchen achtgab; drei der niedlichsten, wie Engel gelockt, warfen Rosenblätter in die Luft; der Diakon mäßigte mit ausgebreiteten Armen die Musiker; und zwei Ministranten mit Weihrauchfässern wandten sich bei jedem Schritt zum Heiligen Sakrament, das der Herr Pfarrer in seinem schönen Meßgewand vor sich her trug, unter einem Baldachin aus klatschmohnrotem Samt, den vier Kirchenälteste hielten. Hinter ihm drängte sich eine Woge von Menschen zwischen den weißen Laken, die die Wände der Häuser bedeckten; und so gelangte man zum Fuße des Hügels.

Félicités Schläfen waren feucht von kaltem Schweiß. Die Simon tupfte sie mit einem Leintuch ab und dachte daran, daß auch sie eines Tages da hindurch müsse.

Das Gemurmel der Menge schwoll an, war einen Augenblick sehr laut, entfernte sich.

Eine Gewehrsalve ließ die Scheiben klirren. Es waren die Postillione, die die Monstranz grüßten. Félicité rollte die Augen und sagte so vernehmbar wie möglich:

– Geht es ihm gut?, aus Sorge um den Papagei.

Ihr Todeskampf begann. Ein Röcheln, das zunehmend hastiger wurde, ließ ihre Rippen beben. Schaumblasen quollen aus ihren Mundwinkeln, und ihr ganzer Körper zitterte.

Bald konnte man das Schnarchen der Baßklappenhörner heraushören, die hellen Stimmen der Kinder, die tiefen der Männer. Dann war eine Zeitlang alles wieder still, und das Geräusch der Schritte, das Blumen dämpften, glich dem einer Herde, die über eine Wiese trappelte.

Die Geistlichkeit erschien im Hof. Die Simon kletterte auf einen Stuhl, um an die Dachluke heranzureichen, und konnte so auf den Ruhealtar hinabschauen.

Grüne Girlanden hingen auf das Altartuch hinab, das mit einem Besatz aus englischer Spitze geschmückt war. In der Mitte befand sich ein kleiner Schrein mit Reliquien, an den Ecken standen zwei Orangenbäume, und an den Längsseiten reihten sich silberne Leuchter und Porzellanvasen, aus denen Sonnenblumen, Lilien, Pfingstrosen, Fingerhut und Hortensienbüschel ragten. Diese Kaskade leuchtender Farben ergoß sich vom Altartisch schräg hinab auf den Teppich und setzte sich auf dem Pflaster fort; und seltsame Dinge zogen die Blicke auf sich. Veilchen krönten eine Zuckerdose aus feuervergoldetem Silber, Lüstergehange aus Alençoner Quarz funkelten auf Moos, zwei chinesische Wandschirme breiteten ihre Landschaften aus. Loulou, unter Rosen verborgen, ließ nur seine blaue Stirn sehen, gleich einem flachen Stein aus Lapislazuli.

Die Kirchenältesten, die Sänger und die Kinder gruppierten sich an den drei Seiten des Hofes. Der Priester stieg langsam die Stufen hinauf und setzte seine große, strahlenumkränzte goldene Sonne auf der Spitzendecke ab. Alle knieten nieder. Tiefe Stille trat ein. Und die Weihrauchfässer schwangen an den Ketten heftig hin und her.

Ein himmelblauer Rauch stieg in Félicités Kammer hinauf. Sie weitete die Nasenflügel und sog ihn mit mystischem Behagen ein; dann schloß sie die Lider. Ihre Lippen lächelten. Der Schlag ihres Herzens verlangsamte sich ein um das andere Mal, wurde zögerlicher, verhalten, so wie eine Quelle versiegt, ein Echo schwindet; und als sie ihren letzten Atem aushauchte, glaubte sie im Himmel, der sich auftat, einen riesigen Papagei über ihrem Kopf schweben zu sehen.

DIE LEGENDE VON SAINT JULIEN DEM GASTFREUNDLICHEN

I

Der Vater und die Mutter von Julien wohnten in einem Schloß mitten im Wald, am Hang eines Hügels.

Die vier Ecktürme hatten spitze, mit Bleischindeln gedeckte Dächer, und das Fundament der Mauern ruhte auf Felsblöcken, die steil hinab bis auf den Grund des Wassergrabens stürzten.

Das Pflaster im Hof war glatt wie die Steinplatten in einer Kirche. Lange Traufen stellten Drachen dar, die, das Maul nach unten, das Regenwasser zur Zisterne spieen; und an allen Fenstern, an allen Stockwerken blühte in einem buntbemalten Tontopf ein Königskraut oder eine Sonnenwende.

Eine zweite Befestigung, aus Pfählen gebaut, umschloß erst einen Obstgarten, dann ein Beet, in dem Blumengruppen rätselhafte Zeichen beschrieben, schließlich ein Weinspalier mit Bogenlauben, um sich zu erfrischen, und ein Mailspiel, das dem Vergnügen der Pagen diente. Auf der anderen Seite lagen der Zwinger, die Stallungen, die Bäckerei, die Kelter und die Scheunen. Ringsum erstreckte sich eine grüne Weide mit kurzem Gras, umgeben von einer dichten Dornenhecke.

Man lebte schon so lange im Frieden, daß das Fallgatter sich nicht mehr senkte; die Gräben waren voll Wasser; die Schwalben bauten ihr Nest in den Schießscharten; und der Schütze, der den ganzen Tag auf dem Mittelwall auf und ab ging, zog sich, sobald die Sonne zu heiß brannte, in die Warte zurück und schlief ein wie ein Mönch.

Innen leuchteten überall die Beschläge; in den Räumen schützten Teppiche vor Kälte; und die Schränke quollen über vor Wäsche, die Weinfässer stapelten sich in den Kellern, die Eichentruhen krachten unter dem Gewicht der Geldsäcke.

Im Waffensaal sah man zwischen Fahnen und Köpfen wilder Tiere Waffen aller Zeiten und Länder, von den Schleudern der Amaletiker und den Wurfspießen der Garamanten bis zu den Kurzschwertern der Sarazenen und den Panzerhemden der Normannen.

Auf dem größten Spieß in der Küche konnte man einen Ochsen rösten; die Kapelle war so prächtig wie das Betzimmer eines Königs. An verschwiegenem Ort gab es sogar ein römisches Bad; doch der edle Herr versagte sich seinen Gebrauch, da er meinte, dies sei eine heidnische Sitte.

Stets in einen Fuchspelz gehüllt, wanderte er durchs Haus, sprach seinen Vasallen Recht und schlichtete die Streitigkeiten seiner Nachbarn. Im Winter schaute er den fallenden Schneeflocken zu oder ließ sich Geschichten vorlesen. Bei den ersten schönen Tagen ritt er auf seinem Maultier die kleinen Wege am Rande der grünenden Felder entlang, plauderte mit den Dorfbewohnern und gab ihnen Ratschläge. Nach vielen Abenteuern hatte er ein Fräulein von hoher Abkunft zur Frau genommen.

Sie war sehr weiß, ein wenig stolz und vornehm. Die Spitzen ihrer hohen Haube streiften den Querbalken über den Türen; die Schleppe ihre Kleides aus Tuch schleifte drei Schritt hinter ihr. Ihr Hauswesen war geregelt wie das Leben in einem Kloster; jeden Morgen verteilte sie die Aufgaben unter ihren Mägden, wachte über das Eingemachte und die Salben, saß am Spinnrad oder stickte Altardecken. Durch die Kraft ihrer Gebete wurde ihr ein Sohn geschenkt.

Die Freude war groß, und es gab drei Tage und vier

Nächte lang ein Mahl im Schein der Fackeln, beim Klang der Harfen, auf ausgestreuten Zweigen. Man aß die seltensten Spezereien und Hühner so groß wie Hammel; zur Belustigung kam aus einer Pastete ein Zwerg hervor; und da die Schalen nicht ausreichten, weil die Menge immer größer wurde, mußte man aus Jagdhörnern und Helmen trinken.

Die Wöchnerin nahm an diesen Festlichkeiten nicht teil. Sie lag still in ihrem Bett. Eines Abends erwachte sie und sah, wie sich unter einem Mondstrahl, der durchs Fenster fiel, ein Schatten regte. Es war ein Greis in wollener Mönchskutte, mit einem Rosenkranz an der Seite, einem Bettelstab über der Schulter, ganz wie ein Eremit. Er trat an ihr Bett und sagte, ohne die Lippen zu öffnen:

– Freue dich, o Mutter! dein Sohn wird ein Heiliger sein!

Sie wollte schreien; er aber glitt auf dem Lichtstrahl des Mondes sachte in die Lüfte und verschwand. Das Singen des Banketts brach lauter los. Sie hörte die Stimmen der Engel; und ihr Kopf sank zurück auf das Kissen, über dem in einem Rahmen aus Karfunkelstein die Gebeine eines Märtyrers hingen.

Am andern Morgen erklärten alle Diener, die man fragte, sie hätten keinen Eremiten gesehen. Traum oder Wirklichkeit, dies mußte ein Wink des Himmels sein; doch aus Angst, des Hochmuts beschuldigt zu werden, verlor sie wohlweislich kein Wort darüber.

Die Gäste gingen im Morgengrauen; und Juliens Vater war vor dem großen Tor, wohin er das Kind getragen hatte, als plötzlich vor ihm im Nebel ein Bettler stand. Es war ein Zigeuner mit geflochtenem Bart, einem Silberreif an beiden Armen und blitzenden Augen. Mit inbrünstiger Stimme stammelte er die zusammenhanglosen Worte:

– Ach! ach! dein Sohn!... viel Blut!... viel Ruhm!... immer glücklich! die Familie eines Kaisers.

Und indem er sich bückte, um sein Almosen aufzuheben, verschwand er im Gras und löste sich auf.

Der gute Schloßherr schaute überall umher, rief so laut er konnte. Niemand! Der Wind pfiff, die Morgennebel verflogen.

Er schrieb die Erscheinung seinem müden Kopfe zu, da er so wenig geschlafen hatte. »Wenn ich davon erzähle, wird man sich über mich lustig machen«, sagte er sich. Und doch versetzten ihn die glänzenden Aussichten für seinen Sohn in Entzücken, auch wenn die Verheißung nicht deutlich war und er sogar daran zweifelte, sie überhaupt gehört zu haben.

Die Gatten hüteten ihr Geheimnis voreinander. Aber beide umhegten das Kind mit der gleichen Liebe; und da sie ihn als Gotterwählten ansahen, umgaben sie ihn mit unendlicher Fürsorge. Sein Bettchen war mit feinsten Daunen gepolstert; darüber brannte stets eine Lampe in Form einer Taube; es wurde von drei Ammen gewiegt; und fest in sein Wiegentuch gewickelt, mit dem rosigen Gesicht und den blauen Augen, dem Brokatmäntelchen und der perlenbesetzten Haube, sah es wie ein Jesusknabe aus. Ihm wuchsen die Zähne, ohne daß er ein einziges Mal weinte.

Als er sieben Jahre alt war, lehrte ihn seine Mutter zu singen. Um ihn mutig zu machen, hob ihn sein Vater auf ein großes Pferd. Das Kind lächelte vergnügt und wußte bald alles über Schlachtrosse.

Ein alter, sehr gelehrter Mönch unterwies ihn in der Heiligen Schrift, der Zählweise der Araber und den lateinischen Buchstaben, und er zeigte ihm, wie man auf dem Pergament feine Zeichnungen macht. Sie arbeiteten zusammen ganz oben in einem kleinen Turm, fern von allem Getriebe.

War der Unterricht zu Ende, gingen sie hinunter in den Garten, wo sie umherwandelten und die Blumen studierten.

Manchmal sah man am Ende des Tales eine Reihe Lasttiere, geführt von einem orientalisch gekleideten Wanderer. Der Schloßherr, der ihn als Händler erkannt hatte, schickte einen Diener. Der Fremde faßte Vertrauen und bog von seinem Wege ab; als man ihn in die Vorhalle führte, zog er aus seinen Kästen Samt und Seide, Schmuck, Gewürze, seltsame Dinge von unbekanntem Gebrauch; schließlich machte sich der gute Mann mit großem Gewinn wieder auf den Weg, ohne daß ihm das geringste Leid geschehen war. Ein andermal klopfte eine Pilgerschar an das Tor. Ihre feuchten Kleider dampften vor dem Herd; und wenn sie sich satt gegessen hatten, erzählten sie von ihren Reisen: von den Irrfahrten der Schiffe auf schäumender See, von den Fußmärschen durch glühende Wüsten, von der Blutgier der Heiden, von den syrischen Höhlen, von der Krippe und dem Heiligen Grab. Dann schenkten sie dem jungen Herrn Muscheln aus ihrem Mantel.

Oft bewirtete der Schloßherr seine alten Waffenbrüder. Sie tranken und gedachten ihrer Kriegszüge, des Sturms auf die Festungen beim Rattern der Maschinen und der unglaublichen Verwundungen. Julien, der ihnen lauschte, fing an zu schreien; da hatte der Vater keinen Zweifel, daß er später ein Eroberer würde. Doch am Abend, wenn er nach dem Angelus zwischen den gebückten armen Leuten hindurchschritt, griff er mit so viel Bescheidenheit und so edler Miene in seine Tasche, daß seine Mutter fest darauf zählte, ihn einst als Erzbischof zu sehen.

Sein Platz in der Kapelle war neben seinen Eltern; und so lange das Amt auch dauerte, verharrte er kniend auf seinem Betstuhl, barhäuptig und mit gefalteten Händen.

Als er eines Tages während der Messe den Kopf hob, sah er eine kleine Maus, die aus einem Mauerloch kam. Sie trippelte über die erste Altarstufe, und nach zwei oder drei Runden rannte sie in derselben Richtung fort. Am nächsten Sonntag beunruhigte ihn der Gedanke, sie wiederzusehen. Sie erschien wieder; und an jedem Sonntag wartete er auf sie, fühlte sich von ihr belästigt, begann sie zu hassen und entschied, sich ihrer zu entledigen.

Er schloß die Tür, streute Kuchenkrümel auf die Stufen und stellte sich, einen Stock in der Hand, vor das Loch.

Nach geraumer Zeit erschien schließlich eine rosige Schnauze, darauf die ganze Maus. Er tat einen leichten Schlag und stand verblüfft vor diesem kleinen Körper, der sich nicht mehr rührte. Ein Blutstropfen befleckte die Steinplatte. Hastig wischte er ihn mit dem Ärmel fort, warf die Maus hinaus und sagte zu niemandem ein Wort.

Kleine Vögel aller Art pickten die Samen des Gartens auf. Er hatte den Einfall, Erbsen in ein hohles Schilfrohr zu stecken. Wenn er in einem Baum Gezwitscher hörte, schlich er vorsichtig heran, hob sein Rohr und blies die Backen auf; und die Tierchen regneten ihm so zahlreich auf die Schultern, daß er, glücklich über seine List, unwillkürlich lachte.

Eines Morgens, als er vom Mittelwall kam, sah er auf dem First der Festungsmauer eine dicke Taube, die sich in der Sonne plusterte. Julien blieb stehen, um sie zu betrachten; die Wand hatte an dieser Stelle einen Riß, unter seinen Fingern fanden sich lose Steine. Er schwang seinen Arm, und der Stein traf den Vogel, der jäh in den Graben stürzte.

Er eilte hinunter, sich am Gestrüpp aufreißend, überall umherstöbernd, flinker als ein junger Hund.

Die Taube hing zuckend, mit gebrochenen Flügeln in den Zweigen eines Ligusters.

Die Zähigkeit ihres Lebens reizte das Kind. Es begann sie zu würgen; und die Krämpfe des Vogels ließen sein Herz klopfen, erfüllten es mit unbändiger, stürmischer Wollust. Bei dem letzten Erstarren fühlte er sich einer Ohnmacht nahe.

Am Abend, während des Essens, erklärte sein Vater, in seinem Alter müsse man das Waidwerk erlernen; und er holte ein altes Schriftstück, das in Fragen und Antworten alles über die Jagd enthielt. Ein Meister zeigte darin seinem Schüler die Kunst, Hunde zu dressieren, Falken abzurichten, Fallen zu legen und den Hirsch an seiner Losung, den Fuchs an seiner Fährte, den Wolf an seinen Markierungen zu erkennen, das richtige Mittel, ihre Spuren zu unterscheiden, wie man sie hetzt, wo sich gewöhnlich ihre Schlupfwinkel befinden und welche Winde die günstigsten sind, samt der Aufzählung der Stimmen und der Regeln des Jagdrechts.

Als Julien alles auswendig hersagen konnte, stellte ihm sein Vater eine Meute zusammen.

Dort sah man zunächst vierundzwanzig Berberwindhunde, schneller als Gazellen, ja geneigt durchzugehen; dann siebzehn Paar bretonischer Hunde, weißgefleckt auf rotem Grund, unschlagbar in ihrer Zuverlässigkeit, mit starker Lunge und große Jauler. Um Eber zu packen und für gefährliche Fluchten, gab es vierzig Pinscher, zottig wie Bären. Tartarische Schäferhunde, fast so hoch wie Esel, feuerfarben, mit breitem Rückgrat und geraden Läufen, waren zur Verfolgung der Auerochsen bestimmt. Das schwarze Fell der Wachtelhunde glänzte wie Atlas; das Gekläff der Talbots konnte sich mit dem der englischen Vorstehhunde messen. In einem Seitenhof knurrten acht alanische Doggen, rüttelten an ihrer Kette und rollten mit den Augen, ungeheuerliche Tiere, die den Reitern an den Bauch springen und Löwen nicht fürchten.

Alle fraßen Weizenbrot, soffen aus Steintrögen und hatten einen klingenden Namen.

Die Falknerei übertraf vielleicht noch die Meute; der edle Herr hatte für viel Geld kaukasische Sperbermännchen, babylonische Würgefalken, deutsche Gierfalken beschafft, und Wanderfalken, gefangen in fernen Ländern auf den Klippen an kalten Meeresküsten. Sie hausten in einem strohgedeckten Schuppen, und der Größe nach auf der Stange angekettet, hatten sie vor sich einen Rasenhügel, wohin man sie von Zeit zu Zeit setzte, um sie munter zu machen.

Es wurden Beutel, Schlingen, Fußangeln, Fallen aller Art angefertigt.

Oft führte man Hühnerhunde ins freie Feld, und schnell hatten sie das Wild gestellt. Dann schlichen Piköre heran und breiteten behutsam ein riesiges Netz über ihre regungslosen Körper. Auf ein Zeichen begannen sie zu bellen; Wachteln flogen auf; und die Damen der Umgebung, die mit ihren Männern geladen waren, die Kinder, die Kammerfrauen, alle stürzten sich darauf und fingen sie ohne Mühe.

Ein andermal wurde die Trommel geschlagen, um Hasen aufzuscheuchen; Füchse stürzten in Gräben, oder eine Feder löste sich und fing den Wolf am Fuß.

Julien jedoch verachtete diese bequemen Kunstgriffe; er jagte lieber, weit von allen anderen, mit seinem Pferd und seinem Falken. Das war fast immer sein großer skythischer Wanderfalke, weiß wie Schnee. Ein Federbusch überragte seine Lederkappe, an seinen blauen Fängen zitterten goldene Schellen; und er saß fest auf dem Arm seines Herrn, während das Pferd dahingaloppierte und die Ebenen sich auftaten. Julien löste seine Riemen und ließ ihn plötzlich frei; das kühne Tier schoß senkrecht wie ein Pfeil in die Luft; und man sah zwei ungleiche Flecken kreisen, sich vereinigen, dann hoch im Blau verschwinden. Nicht lange, und der Falke stieg, einen Vogel reißend, wieder herab, um sich mit zitternden Flügeln wieder auf dem Panzerhandschuh niederzulassen.

So beizte Julien den Reiher, den Gabelweih, den Raben und den Geier.

Er liebte es, das Jagdhorn erschallen zu lassen und seinen Hunden zu folgen, die die Hänge hinuntersausten, über Bäche sprangen, wieder zum Walde hinaufjagten; und wenn der Hirsch unter den Bissen zu stöhnen begann, hatte er ihn eilends erlegt und ergötzte sich dann an der Raserei der Bluthunde, die ihn, in Stücke zerteilt, auf seiner dampfenden Haut verschlangen.

An Nebeltagen stieg er in einen Sumpf, um den Gänsen aufzulauern, den Fischottern und den Wildenten.

Drei Knappen erwarteten ihn schon im ersten Tageslicht am Fuße der Freitreppe; und der alte Mönch, der sich aus dem Dachfenster beugte, mochte ihm noch so viele Zeichen machen, um ihn zurückzurufen, Julien kehrte nicht um. Unter glühender Sonne, im Regen, im Sturm zog er los, trank aus der Hand das Wasser der Quellen, aß im Trab wilde Äpfel, ruhte unter einer Eiche aus, wenn er müde war; und von Blut und Schlamm bedeckt, kehrte er mitten in der Nacht zurück, mit Dornen im Haar und dem Geruch der wilden Tiere. Er wurde wie sie. Wenn seine Mutter ihn umarmte, nahm er kalt ihre Umarmung hin, schien von unergründlichen Dingen zu träumen.

Er stach Bären mit dem Messer ab, erlegte Stiere mit dem Beil, Keiler mit dem Speer; und als er einmal nur noch einen Stock hatte, verteidigte er sich sogar gegen Wölfe, die am Fuße eines Galgens an Kadavern nagten.

Eines Morgens im Winter brach er gut ausgerüstet auf, eine Armbrust über der Schulter und ein Bündel Pfeile am Sattelbaum.

Sein dänischer Hengst, gefolgt von zwei Dachshunden, ließ in gleichmäßigem Trab den Boden dröhnen. Eistropfen hefteten sich an seinen Mantel, es blies ein stürmischer Wind. Auf einer Seite hellte sich der Horizont auf; und im weißen Licht der Morgendämmerung sah er am Rande ihrer Grube Kaninchen springen. Sogleich stürzten sich die beiden Dachshunde darauf; und hier und da brachen sie ihnen das Rückgrat.

Bald kam er in einen Wald. Am Ende eines Zweiges schlief, erstarrt vor Kälte, den Kopf unter dem Flügel, ein Auerhahn. Mit einem Degenhieb mähte ihm Julien beide Füße ab und setzte, ohne ihn aufzuheben, seinen Weg fort.

Drei Stunden später stand er auf dem Gipfel eines Berges, der so hoch war, daß der Himmel beinahe schwarz erschien. Vor ihm fiel über einem Abgrund ein Felsen ab wie eine lange Mauer; und am äußersten Ende schauten zwei Böcke in die Tiefe. Da er seine Pfeile nicht bei sich hatte (sein Pferd war zurückgeblieben), kam ihm der Gedanke, zu ihnen hinabzusteigen; halbgebückt, mit bloßen Füßen, langte er schließlich bei dem ersten an und stieß ihm einen Dolch unter die Rippen. Von Entsetzen ergriffen sprang der zweite ins Leere. Julien stürzte nach vorn, um ihn zu schlagen und fiel, mit dem rechten Fuß ausgleitend, auf den Kadaver des anderen, das Gesicht über dem Abgrund und beide Arme ausgebreitet.

Zurück in der Ebene folgte er den Weiden am Rand des Baches. Kraniche flogen sehr tief und strichen dann und wann über seinen Kopf. Julien erschlug sie mit der Peitsche und verfehlte nicht einen.

Indes hatte die mildere Luft den Rauhreif schmelzen lassen, der Nebel verwehte in breiten Streifen und die Sonne kam hervor. Ganz in der Ferne sah er, wie Blei, einen erstarrten See blinken. Mitten auf dem See war ein Tier, das Julien nicht kannte, ein Biber mit schwarzer Schnauze. Trotz der Entfernung streckte ein Pfeil ihn nieder; und er ärgerte sich, daß er das Fell nicht mitnehmen konnte.

Dann bog er in einen Weg zwischen hohen Bäumen, die mit ihren Wipfeln gleichsam einen Triumphbogen am Eingang des Waldes bildeten. Aus einem Dickicht sprang ein Rehbock, an einem Kreuzweg erschien ein Dammhirsch, aus einem Loch kam ein Dachs, auf dem Grase entfaltete der Pfau seinen Schweif, und als er sie alle getötet hatte, zeigten sich weitere Rehböcke, weitere Dammhirsche, weitere Dachse, weitere Pfauen und Amseln, Eichelhäher, Iltisse, Füchse, Igel, Luchse, eine Unmenge von Tieren, mit jedem Schritt mehr. Zitternd umkreisten sie ihn mit sanftmütig flehendem Blick. Aber Julien wurde nicht müde zu töten, der Reihe nach die Armbrust spannend, den Degen ziehend, den Hirschfänger richtend, und er hatte keinen Gedanken, war ohne jegliche Erinnerung. Seit unbestimmter Zeit war er in irgendeinem Land auf der Jagd, und allein durch die Tatsache seines eigenen Daseins vollzog sich alles mit der Leichtigkeit, die man in Träumen empfindet. Ein unglaubliches Schauspiel brachte ihn zum Stehen. Hirsche füllten ein kleines Tal, das die Form einer Arena hatte; und einer an den anderen gedrängt, wärmten sie sich durch ihren Atem, den man im Nebel dampfen sah.

Die Hoffnung auf ein derartiges Gemetzel nahm ihm minutenlang vor Freude die Luft. Dann stieg er vom Pferde, krempelte die Ärmel auf und begann zu schießen.

Als der erste Pfeil zischte, wandten alle Hirsche zugleich den Kopf. In ihrem Haufen entstanden Lücken; klagende Stimmen erhoben sich, und durch das Rudel ging eine große Bewegung.

Der Rand des kleinen Tales war zu hoch, um ihn zu überqueren. Sie sprangen in dem Kessel umher und versuchten zu fliehen. Julien zielte, schoß; und die Pfeile gingen nieder wie Blitze in einem Gewitterregen. Die rasend gewordenen Hirsche schlugen sich, bäumten sich auf, stiegen einer auf den anderen; und ihre Leiber mit den großen Geweihen bildeten eine breite Erhebung, die immer wieder einstürzte, während sie sich weiterwälzte.

Endlich starben sie, auf dem Sande hingestreckt, Geifer an den Nüstern, mit heraushängenden Eingeweiden und immer flacher werdendem Wogen ihrer Bäuche. Dann war alles still.

Die Nacht zog herauf; und hinter dem Wald, zwischen den Zweigen, war der Himmel rot wie ein blutiges Tuch.

Julien lehnte sich an einen Baum. Er betrachtete mit aufgerissenen Augen die Ungeheuerlichkeit des Gemetzels und begriff nicht, wie er solches vermocht hatte.

Auf der anderen Seite des Tals bemerkte er am Waldrand einen Hirsch, eine Hirschkuh und ihr Kalb.

Der Hirsch, schwarz und riesengroß, war ein Sechzehnender mit weißem Bart. Die Hirschkuh, blond wie welkes Laub, äste im Gras; und das gefleckte Kalb sog an ihren Zitzen, ohne ihren Gang zu unterbrechen.

Noch einmal schnarrte die Armbrust. Das Kalb war sofort tot. Da schrie die Mutter, den Blick zum Himmel gerichtet, mit tiefer, jammervoller, menschlicher Stimme. Außer sich streckte Julien sie durch einen Schuß mitten in die Brust zu Boden.

Der große Hirsch hatte ihn gesehen und machte einen Satz. Julien sandte ihm seinen letzten Pfeil. Er traf ihn in die Stirn und blieb dort stecken.

Der große Hirsch schien ihn nicht zu spüren; über die Toten hinwegsetzend kam er immer näher, kurz davor, auf ihn loszugehen, ihm den Bauch aufzuschlitzen; und Julien wich in namenlosem Entsetzen zurück. Das wunderbare Tier blieb stehen; und mit blitzenden Augen, feierlich wie ein Patriarch und Richter wiederholte es dreimal, während in der Ferne die Glocke läutete:

– Sei verflucht! Verflucht! Verflucht! Grausames Herz, eines Tages wirst du Vater und Mutter umbringen!

Er beugte die Knie, schloß die Lider und verschied.

Julien war bestürzt, dann von einer plötzlichen Ermattung übermannt; und ihn überkam ein Ekel, eine grenzenlose Traurigkeit. Er weinte lange, den Kopf in den Händen.

Sein Pferd war verschwunden; seine Hunde hatten ihn verlassen; die Einsamkeit, die ihn umgab, erschien ihm voll grenzenlos drohender Gefahren. Vom Entsetzen getrieben, rannte er querfeldein, schlug aufs Geratewohl einen Weg ein und stand fast im selben Augenblick vor dem Schloßtor.

In der Nacht schlief er nicht. Im flackernden Licht der Hängelampe sah er vor sich immer wieder den großen schwarzen Hirsch. Seine Weissagung ging ihm nicht aus dem Sinn; er wehrte sich dagegen. »Nein! nein! nein! ich kann sie nicht töten!« dann dachte er: »Und wenn ich es doch wollte?…« und er hatte Angst, daß der Teufel ihm die Lust dazu eingab.

Drei Monate lang betete seine Mutter in großen Ängsten an seinem Bett, und sein Vater lief unentwegt stöhnend durch die Gänge.

Er ließ die größten Meister unter den Ärzten kommen, die eine Menge Arzneien verordneten. Juliens Leiden lag, so sagten sie, an einem unheilvollen Wind oder einer sehnsüchtigen Liebe. Aber auf alle Fragen schüttelte der junge Mann den Kopf.

Seine Kräfte kehrten zurück; und man führte ihn in den Hof, der alte Mönch und der edle Herr ihn jeder unter einem Arm stützend.

Als er ganz genesen war, weigerte er sich hartnäckig zu jagen.

Sein Vater, der ihn aufheitern wollte, schenkte ihm ein großes Sarazenerschwert.

Es hing oben an einem Pfeiler in einer Waffensammlung. Um es zu erreichen, brauchte man eine Leiter. Julien stieg hinauf. Das schwere Schwert glitt ihm aus den Fingern und streifte beim Fallen den edlen Herrn so dicht, daß es seinen Überrock zerschnitt; Julien glaubte, seinen Vater getötet zu haben und fiel in Ohnmacht.

Von nun an fürchtete er die Waffen. Der Anblick eines blanken Eisens ließ ihn erbleichen. Diese Schwäche war der Kummer seiner Familie.

Schließlich befahl ihm der alte Mönch im Namen Gottes, seiner Ehre und seiner Ahnen seine ritterlichen Übungen wiederaufzunehmen.

Die Knappen vergnügten sich jeden Tag mit der Handhabung des Wurfspeeres. Schon bald verstand sich Julien bestens darauf. Er sandte den seinen in den Hals der Flaschen, zerschlug die Zacken der Wetterfahne, traf auf hundert Schritt die Nägel in den Türen.

Als er sich an einem Sommerabend, zur Stunde wo alles im Nebel verschwimmt in der Laube im Garten befand, sah er ganz hinten auf der Höhe des Spaliers zwei weiße Flügel flattern. Er hatte keinen Zweifel, daß es ein Storch war; und er warf seinen Speer.

Ein gellender Schrei erscholl.

Es war seine Mutter, deren Haube mit den langen Flügeln an die Mauer geheftet war.

Julien floh aus dem Schloß und kam nicht wieder.

II

Er schloß sich einem Haufen fahrender Abenteurer an.

Er lernte den Hunger kennen, den Durst, die Fieber und das Ungeziefer. Er gewöhnte sich an das Getöse der Handgemenge, an den Anblick von Sterbenden. Der Wind gerbte seine Haut. Seine Glieder wurden hart im Umgang mit den Waffen; und da er sehr stark war, mutig, maßvoll und umsichtig, erhielt er mühelos die Befehlsgewalt einer Kompanie.

Zu Beginn der Schlachten feuerte er seine Soldaten mit hochgeschwungenem Schwerte an. Mit einem geknoteten Seil erklomm er, nachts, vom Sturm gebeutelt, die Mauern der Zitadellen, während die großen Funken des griechischen Feuers sich an seinen Panzer hefteten und kochendes Pech und geschmolzenes Blei von den Zinnen strömten. Oftmals zertrümmerte der Aufprall eines Steines seinen Schild. Menschenüberfüllte Brücken stürzten unter ihm ein. Mit einem Schwung seines Streitkolbens schaffte er sich vierzehn Reiter vom Halse. In den Schranken schlug er alle, die gegen ihn antraten. Mehr als zwanzigmal hielt man ihn für tot.

Dank der göttlichen Gnade kam er immer wieder davon; denn er unterstützte die Kirche, die Waisen, die Witwen und vor allem die Alten. Sah er einen vor sich her gehen, rief er ihn an, um sein Gesicht zu sehen, als fürchtete er, ihn versehentlich zu töten.

Fliehende Sklaven, aufständische Bauernlümmel, Bastarde ohne Vermögen, Furchtlose aller Art strömten unter seiner Fahne zusammen, und er bildete ein Heer.

Es wuchs. Er wurde berühmt. Er wurde begehrt.

Nacheinander kam er dem Dauphin von Frankreich und dem englischen König zu Hilfe, den Tempelrittern Jerusalems, dem Surena der Parther, dem Negus von Abessinien, dem Kaiser von Kalkutta. Er kämpfte gegen mit Fischschuppen bedeckte Skandinavier, mit Rundschilden aus Nilpferdleder ausgestattete Schwarze, die auf roten Eseln einherritten, goldfarbene Inder, die über ihren Diademen breite Säbel schwangen, blanker als Spiegel. Er besiegte die Troglodyten und die Anthropophagen. Er durchquerte Gegenden, so heiß, daß das Haar sich wie Fackeln von selbst in der Sonnenglut entzündete; und andere, die so eisig waren, daß die Arme sich vom Körper lösten und abfielen; und Länder, wo so viel Nebel herrschte, daß man von Gespenstern umgeben dahinlief.

Republiken in Bedrängnis fragten ihn um Rat. Bei Unterhandlungen erreichte er unverhoffte Bedingungen. Verhielt sich ein Herrscher zu schlecht, war er plötzlich da und machte ihm Vorhaltungen. Er befreite ganze Völker. Er rettete in Türmen gefangene Königinnen. Kein anderer als er erschlug die Schlange von Mailand und den Drachen von Oberbirbach.

Nun hatte sich aber der Kaiser von Okzitanien nach dem Sieg über spanische Mohammedaner in wilder Ehe mit der Schwester des Kalifen von Córdoba verbunden; und daraus war ihm eine Tochter geblieben, die er christlich erzogen hatte. Doch der Kalif stattete ihm, als wolle er sich bekehren, mit großem Gefolge einen Besuch ab, metzelte seine ganze Mannschaft nieder und warf ihn in ein Verlies, wo er ihm hart zusetzte, um Schätze zu erpressen.

Julien eilte ihm zu Hilfe, vernichtete das Heer der Ungläubigen, belagerte die Stadt, tötete den Kalifen, schlug ihm das Haupt ab und warf es wie eine Kegelkugel über die Festungswälle. Dann holte er den Kaiser aus seinem Gefängnis und ließ ihn vor seinem ganzen Hof wieder den Thron besteigen.

Der Kaiser brachte ihm Körbe voll Geld als Preis für einen solchen Dienst; Julien wollte nichts davon. Im Glauben, er wünsche noch mehr, bot er ihm drei Viertel seiner Reichtümer an; neue Ablehnung; dann die Hälfte seines Königreiches; Julien dankte ihm; und der Kaiser weinte darüber vor Kummer, weil er nicht wußte, auf welche Weise er seine Dankbarkeit bezeugen sollte, als er sich vor die Stirne schlug und einem Höfling etwas ins Ohr flüsterte; die Vorhänge einer Wandverkleidung hoben sich, und ein junges Mädchen erschien.

Ihre großen schwarzen Augen leuchteten wie zwei milde Lampen. Ein zauberisches Lächeln öffntete ihre Lippen. Die Locken ihrer Haarpracht hängten sich an die Geschmeide ihres leicht geöffneten Gewandes; und unter der durchsichtigen Tunika ahnte man die Jugend ihres Leibes. Sie war süß und rund, mit schlanker Taille.

Julien war blind von Liebe, um so mehr, als er bis jetzt ein sehr keusches Leben geführt hatte.

So erhielt er die Tochter des Kaisers zur Frau, samt einem Schloß, das sie von der Mutter besaß; und als die Hochzeit vorüber war, ging man nach endlosen Höflichkeitsbezeugungen auseinander.

Es war ein Palast aus weißem Marmor, erbaut in maurischer Art, auf einem Vorgebirge, in einem Orangenhain. Blumenterrassen gingen bis hinunter an eine Bucht, wo rosafarbene Muscheln unter den Schritten knirschten. Hinter dem Schloß war, wie ein Fächer, ein Wald ausgebreitet. Der Himmel war ewig blau, und die Bäume neigten sich abwechselnd unter der Meeresbrise und dem Wind aus den Bergen, die in der Ferne den Horizont schlossen.

Die Zimmer, von Dämmerung erfüllt, leuchteten

durch den Intarsienschmuck der Wände. Hohe schmale Säulen, dünn wie Schilf, trugen die Kuppelbögen, mit Reliefs verziert wie Stalaktiten in Grotten.

Es gab Springbrunnen in den Sälen, Mosaike in den Höfen, mit Laubgehängen geschmückte Wände, tausend architektonische Feinheiten und überall eine solche Stille, daß man das Rascheln einer Schärpe oder das Echo eines Seufzers vernahm.

Julien führte nicht mehr Krieg. Er erholte sich, umgeben von einem ruhigen Volk; und jeden Tag zog eine Menschenmenge mit Kniebeugen und Handküssen nach orientalischer Art an ihm vorüber.

In Purpur gekleidet stand er lange mit aufgestützten Ellbogen in einer Fensternische und dachte an die einstigen Jagden; und er wäre gerne in den Wüsten den Gazellen und Straußen nachgejagt, hätte im Bambus versteckt den Leoparden aufgelauert, Wälder voller Nashörner durchquert, hätte den Gipfel der unzugänglichsten Berge erstürmt, um besser auf die Adler zielen zu können, und auf den Eisschollen der Meere mit Eisbären gekämpft.

Manchmal sah er sich in einem Traum wie unseren Stammesvater Adam mitten im Paradies unter allen Tieren; und wenn er die Hand ausstreckte, mußten sie sterben; oder sie zogen zu zweien der Größe nach an ihm vorüber, von den Elefanten und Löwen bis zu den Hermelinen und Enten, wie an dem Tag, als sie in die Arche Noah traten. Aus dem Schatten einer Höhle schoß er sie mit unfehlbaren Wurfspießen ab; es kamen mehr und mehr; es nahm kein Ende; und er erwachte mit wild rollenden Augen.

Fürsten unter seinen Freunden luden ihn zur Jagd. Stets weigerte er sich, im Glauben durch solche Buße sein Unheil abwenden zu können; denn ihm schien, von dem Morden der Tiere hinge das Schicksal seiner Eltern ab. Aber er litt darunter, sie nicht zu sehen, und seine andere Lust wurde unerträglich.

Seine Frau ließ Jongleure und Tänzerinnen kommen, um ihn aufzumuntern.

Sie zog in offener Sänfte mit ihm über Land; dann wieder sahen sie, an der Bordwand eines Kahnes ausgestreckt, den Fischen zu, die sich in einem Wasser tummelten, das klar war wie der Himmel. Oft warf sie ihm Blumen ins Gesicht; zu seinen Füßen kauernd entlockte sie einer dreisaitigen Mandoline traurige Melodien; dann legte sie ihm ihre gefalteten Hände auf die Schultern und sagte mit zaghafter Stimme: »Was habt Ihr nur, lieber Herr?«

Er gab keine Antwort oder brach in Tränen aus; eines Tages gestand er schließlich seinen schrecklichen Gedanken.

Sie ging mit vielen richtigen Einwänden dagegen an: sein Vater und seine Mutter seien wahrscheinlich tot; durch welchen Zufall, welche Absicht käme er, wenn er sie je wiedersähe zu dieser Schandtat? Seine Angst habe also keinen Grund, und er müsse wieder anfangen zu jagen.

Julien hörte ihr lächelnd zu, konnte sich aber nicht entschließen, ihren Wunsch zu befriedigen.

Eines Abends im August waren sie in ihrem Schlafgemach, sie hatte sich gerade zu Bett gelegt und er kniete nieder zum Gebet, als er das Kläffen eines Fuchses vernahm, dann leise Schritte unter dem Fenster; und im Dunkeln ahnte er etwas wie Tiergestalten. Die Versuchung war zu groß. Er nahm seinen Köcher vom Haken.

Sie schien überrascht.

– Um dir zu gehorchen! sagte er; bei Sonnenaufgang bin ich zurück.

Sie aber fürchtete ein Verhängnis.

Er beruhigte sie und ging, erstaunt über ihre gewandelte Laune.

Kurz darauf meldete ein Page, zwei Unbekannte wünschten, da der Herr nicht zu Hause sei, die Herrin zu sprechen.

Und alsbald traten ein alter Mann und eine alte Frau ins Zimmer, gebeugt, staubig, in Leinwand gekleidet und jeder auf einen Stock gestützt.

Sie faßten sich ein Herz und erklärten, sie brächten Julien Nachricht von seinen Eltern.

Sie beugte sich vor, um sie zu verstehen.

Doch nachdem sie sich mit einem Blick verständigt hatten, fragten sie, ob er die Eltern immer noch liebe, ob er manchmal von ihnen spreche.

– Oh! ja! sagte sie.

Da riefen sie:

– Wir sind es selbst! und sie setzten sich, da sie sich vor Erschöpfung kaum mehr halten konnten.

Nichts gab der jungen Frau die Gewißheit, daß ihr Gemahl der Sohn der beiden war.

Zum Beweis beschrieben sie besondere Zeichen auf seiner Haut.

Sie sprang aus dem Bett, rief ihren Pagen, und man brachte ihnen eine Mahlzeit.

Obwohl sie großen Hunger hatten, konnten sie kaum essen; und sie beobachtete heimlich das Zittern ihrer knochigen Hände, wenn sie die Becher nahmen.

Sie stellten tausend Fragen über Julien. Sie gab auf jede Antwort, verschwieg jedoch sorgsam den traurigen Gedanken, welcher sie betraf.

Als sie gemerkt hatten, daß er nicht zurückkam, hatten sie ihr Schloß verlassen; und schon viele Jahre zogen sie umher, unbestimmten Hinweisen folgend, ohne die Hoffnung zu verlieren. Für das Fährgeld an den Flüssen und die Herbergen, für die Abgaben an die Fürsten und die Forderungen der Räuber hatten sie so viel Geld verbraucht, daß ihr Beutel leer war bis auf den Grund und sie nun bettelten. Was tat das, da sie doch bald ihren Sohn in die Arme schlossen? Sie priesen sein Glück, eine so liebe Frau zu haben und wurden nicht müde, sie zu betrachten und zu küssen.

Der Reichtum des Zimmers versetzte sie in großes Erstaunen; und der Alte betrachtete die Wände und fragte, warum das Wappen des Kaisers von Okzitanien darauf sei.

Sie erwiderte:

– Das ist mein Vater!

Da erbebte er im Gedanken an die Weissagung des Zigeuners; und die Alte dachte an die Worte des Eremiten. Ohne Zweifel war der Glanz ihres Sohnes nur die Morgenröte ewiger Herrlichkeiten; und beide saßen sprachlos im Schein des Kandelabers, der den Tisch erleuchtete.

In ihrer Jugend mußten sie sehr schön gewesen sein. Die Mutter hatte noch ihr volles Haar, das seitlich wie Schnee über die Wangen bis ans Kinn fiel; und der Vater erinnerte mit seiner hohen Statur und dem großen Bart an eine Kirchenfigur.

Juliens Frau bat sie, nicht länger zu warten. Sie legte sie eigenhändig in ihr Bett und schloß das Fenster; sie schliefen ein. Es tagte schon und hinter den Scheiben begannen die kleinen Vögel zu singen.

Julien war durch den Park gegangen; und er lief mit schnellen Schritten durch den Wald und freute sich über den weichen Rasen und die milde Luft.

Auf dem Moos lagen die Schatten der Bäume. Manchmal warf der Mond weiße Flecken auf die Lichtungen, und er zögerte weiterzugehen, weil er einen Tümpel zu sehen glaubte oder die Oberfläche stiller Teiche, die eins mit der Farbe des Grases war. Über allem war tiefes

Schweigen; und er entdeckte nicht eines der Tiere, die wenige Minuten zuvor um sein Schloß geirrt waren.

Der Wald wurde dichter, das Dunkel unergründlich. Warme Windstöße kamen vorüber, voll betäubender Düfte. Er versank in Haufen von trockenem Laub und lehnte sich an eine Eiche, um ein wenig Atem zu schöpfen.

Etwas noch Schwärzeres sprang plötzlich hinter seinem Rücken auf, ein Eber. Julien hatte nicht genug Zeit, seinen Bogen zu nehmen, er grämte sich darüber, wie über ein Unglück.

Als er aus dem Wald heraus war, sah er einen Wolf an einer Hecke entlangstreichen.

Julien sandte ihm einen Pfeil nach. Der Wolf blieb stehen, sah sich nach ihm um und nahm seinen Lauf wieder auf. Er trabte in immer demselben Abstand dahin, blieb von Zeit zu Zeit stehen und begann, wenn auf ihn gezielt wurde, wieder zu fliehen.

Auf diese Weise lief Julien durch eine endlose Ebene, dann durch flache sandige Hügel und stand schließlich auf einem Hochplateau über einem weiten Land. Steinplatten lagen verstreut zwischen zertrümmerten Grabhöhlen. Man stolperte über Gebeine; hier und da neigten sich wurmstichige Kreuze von jämmerlichem Aussehen. Doch im unbestimmten Schatten der Gräber regten sich Gestalten; und hechelnd und ganz verstört erschienen Hyänen. Ihre Krallen klapperten auf den Steinplatten, sie kamen auf ihn zu und beschnupperten ihn mit klaffendem Maul, das das Zahnfleisch entblößte. Er zog seinen Säbel. Sie stoben sämtlich in allen Richtungen auseinander und verschwanden in ihrem stets gleichen, hinkend überstürzten Galopp in der Ferne in einer Staubwolke.

Eine Stunde später traf er in einer Schlucht auf einen wütenden Stier, der, die Hörner voraus, mit dem Huf im Sande scharrte. Julien bohrte seinen Speer in seine

Wamme. Der Speer prallte ab, als sei das Tier aus Erz; er schloß die Augen und wartete auf den Tod. Als er sie wieder öffnete, war der Stier fort.

Da verging seine Seele vor Scham. Eine höhere Macht zerstörte seine Kraft; und er lief zurück in den Wald, um nach Hause zu gehen.

Der Wald war voller Schlingpflanzen, undurchdringlich; und er zerschlug sie mit dem Säbel, als plötzlich ein Marder zwischen seinen Beinen hindurchschlüpfte, ein Panther in einem Satz über seine Schulter sprang, eine Schlange sich wie eine Spirale an einer Esche emporwand.

In ihrer Laubkrone saß eine riesige Dohle und schaute Julien an; und hier und da blitzte es zwischen den Zweigen auf, als habe der Himmel all seine Sterne in den Wald regnen lassen. Es waren Tieraugen, die Augen von Wildkatzen, von Eichhörnchen, Eulen, Papageien und Affen.

Julien schoß seine Pfeile nach ihnen ab; die Pfeile setzten sich mit ihren Federn wie weiße Schmetterlinge auf die Blätter. Er schleuderte Steine; die Steine fielen zu Boden, ohne zu treffen. Er verfluchte sich, hätte sich selbst schlagen mögen, stieß Verwünschungen aus, erstickte vor Wut.

Und alle Tiere, die er verfolgt hatte, stellten sich ein und bildeten um ihn einen engen Kreis. Die einen saßen auf ihrem Hinterteil, die anderen standen in voller Größe da. Er blieb in der Mitte, vor Schreck wie zu Eis erstarrt, unfähig zur leisesten Bewegung. Mit äußerster Willenskraft machte er einen Schritt; die auf den Bäumen hockten, öffneten ihre Flügel, die auf dem Boden kauerten, setzten sich in Bewegung, und alle begleiteten ihn.

Die Hyänen liefen vor ihm, der Wolf und der Eber hinter ihm her. Der Stier zu seiner Rechten wiegte den Kopf; und zur Linken schlängelte sich die Schlange durchs Gras, während der Panther den Rücken wölbte und mit samtigen, langen Schritten dahinglitt. Julien ging so langsam wie möglich, um sie nicht zu reizen; und tief aus dem Busch sah er Stachelschweine kommen, Füchse, Giftnattern, Schakale und Bären.

Julien begann zu rennen; sie rannten. Die Schlange zischte, die Stinktiere geiferten. Der Eber rieb seine Hauer an seinen Fersen, der Wolf seine Barthaare in seinen Handflächen. Die Affen kniffen ihn und grinsten, der Marder rollte über seine Füße. Ein Bär hieb ihm mit einer Rückhand seiner Tatze die Kappe vom Kopf; und der Panther ließ verächtlich einen Pfeil fallen, den er im Maul trug.

Hohn drang durch ihr tückisches Gebaren. Sie beobachteten ihn aus den Augenwinkeln und schienen auf Rache zu sinnen; und betäubt vom Gesumm der Insekten, gepeitscht von Vogelschwänzen, erstickt von Atemdünsten lief er mit ausgebreiteten Armen und geschlossenen Augen weiter und hatte nicht einmal die Kraft, »Gnade!« zu rufen.

Ein Hahnenschrei zitterte durch die Luft. Andere antworteten; es tagte; und hinter den Orangenbäumen erkannte er den First seines Palastes.

Dann sah er am Feldrand drei Schritte vor sich rote Rebhühner in den Stoppeln flattern. Er löste die Haken seines Mantels und warf ihn über sie wie ein Netz. Als er sie aufgedeckt hatte, fand er nur ein einziges, und das war schon lange tot und verwest.

Diese Niederlage empörte ihn mehr als alles andere. Von neuem überkam ihn die Lust auf ein Blutbad; da die Tiere fehlten, hätte er Menschen niedermetzeln mögen.

Er stieg die drei Terrassen hinauf und öffnete die Tür mit einem Faustschlag; doch am Fuße der Treppe beschwichtigte die Erinnerung an seine Frau sein Herz. Sie schlief gewiß, und er wollte sie überraschen.

Als er seine Sandalen abgestreift hatte, drehte er leise den Schlüssel um und trat ein.

Die bleigefaßten Scheiben verdunkelten das blasse Morgenlicht. Julien verfing sich mit den Füßen in den Kleidern am Boden; ein Stück weiter stieß er gegen eine noch mit Geschirr beladene Kredenz. »Sicher hat sie etwas gegessen«, sagte er sich; und er ging weiter zum Bett, das hinten im Zimmer ganz im Dunkeln war. Als er davor stand, wollte er seine Frau umarmen und beugte sich über das Kissen, wo einer neben dem anderen die beiden Köpfe ruhten. Da fühlte er einen Bart an seinen Lippen.

Er schreckte zurück und glaubte den Verstand zu verlieren; doch er trat wieder an das Bett, und seine Finger fanden tastend sehr langes Haar. Um sich von seinem Irrtum zu überzeugen, strich er noch einmal langsam mit der Hand über das Kissen. Diesmal war es wirklich ein Bart, also ein Mann! ein Mann im Bett mit seiner Frau!

In maßloser Wut hieb er mit dem Dolch auf sie ein; und er stampfte, schäumte und heulte wie ein wildes Tier. Dann hielt er inne. Die Toten, ins Herz getroffen, hatten sich nicht einmal gerührt. Er lauschte aufmerksam den beiden fast gleichen Röcheln, und je schwächer es wurde, desto klarer setzte es sich in einem anderen, weiter entfernten fort. Zunächst undeutlich, kam dieser lang hervorgestoßene, klagende Laut näher, schwoll an und wurde grausam; und gebannt erkannte er das Röhren des großen schwarzen Hirsches.

Und als er sich umsah, glaubte er im Türrahmen den Geist seiner Frau zu sehen, ein Licht in der Hand.

Der Lärm des Mordes hatte sie herbeigerufen. Mit einem einzigen Blick begriff sie alles, floh vor Entsetzen und ließ die Fackel fallen.

Er hob sie auf.

Sein Vater und seine Mutter lagen mit einem Loch in

der Brust vor ihm auf dem Rücken ausgestreckt; und ihre Gesichter schienen in großer Güte ein ewiges Geheimnis zu hüten. Blut war in Lachen und Spritzern über ihrer weißen Haut verteilt, auf dem Bettlaken, am Boden, auf einem Kruzifix aus Elfenbein, das in dem Alkoven hing. Der scharlachrote Schein der Scheiben, durch die nun die Sonne fiel, ließ diese roten Flecken aufglühen und warf noch mehr in das ganze Zimmer. Julien trat zu den beiden Toten und sagte sich, wollte glauben, dies sei nicht möglich, er habe sich getäuscht, es gebe doch manchmal unerklärliche Ähnlichkeiten. Schließlich bückte er sich ein wenig, um den Alten ganz aus der Nähe zu sehen; und zwischen den nicht ganz geschlossenen Lidern entdeckte er ein erloschenes Auge, das ihn wie Feuer versengte. Dann begab er sich auf die andere Seite der Bettstatt, wo der andere Leichnam lag, dessen weißes Haar einen Teil des Gesichtes verbarg. Julien schob die Finger unter die Flechten und hob den Kopf an; und er betrachtete ihn am Ende seines ausgestreckten Armes, während er mit der anderen Hand die Fackel hochhielt. Tropfen sickerten durch die Matratze und fielen einer nach dem andern auf die Dielen.

Als der Tag vorüber war, erschien er vor seiner Frau; und mit einer Stimme, die nicht die seine war, befahl er ihr zunächst, nichts zu erwidern, ihm nicht näher zu kommen, ihn nicht mehr anzusehen, und sagte, daß sie bei Strafe der Verdammnis all seine Anordnungen zu befolgen habe, die unwiderruflich seien.

Das Begräbnis solle nach den Anweisungen gehalten werden, die er schriftlich auf einem Betstuhl im Zimmer der Toten hinterlegt habe. Er überlasse ihr den Palast, seine Vasallen, all sein Hab und Gut und behalte nicht einmal, was er auf dem Leibe trug noch die Sandalen, die man oben an der Treppe finde.

Sie habe Gottes Willen erfüllt, indem sie den Anlaß zu

seinem Verbrechen geschaffen habe und möge für seine Seele beten, da er von nun an nicht mehr existiere.

Man bestattete die Toten mit großer Pracht in einer Klosterkirche, drei Tagereisen vom Schloß. Ein Mönch mit hochgeschlagener Kapuze folgte in großem Abstand dem Leichenzug, ohne daß ihn jemand anzusprechen wagte.

Während der Messe lag er bäuchlings mitten im Portal, die Arme zum Kreuz gebreitet und die Stirne im Staub.

Nach der Bestattung sah man ihn den Weg einschlagen, der zu den Bergen führte. Er wandte sich etliche Male um und war schließlich verschwunden.

III

Er ging fort und zog bettelnd durch die Welt.

Auf den Landstraßen streckte er den Edelleuten seine Hand entgegen, näherte sich unter Kniebeugen den Schnittern oder stand reglos vor den Hoftoren; und sein Gesicht war so traurig, daß man ihm das Almosen nie verwehrte.

In demütigem Geist erzählte er seine Geschichte; dann flohen alle vor Entsetzen und bekreuzigten sich. In den Dörfern, durch die er schon gekommen war, schloß man die Türen, sobald man ihn erkannte, stieß Drohungen aus, warf nach ihm mit Steinen. Die Barmherzigsten stellten eine Schale auf das Fenstersims und schlossen die Läden, um ihn nicht zu sehen.

Überall verstoßen, mied er die Menschen; und er nährte sich von Wurzeln, Kräutern, abgefallenen Früchten und Muscheln, die er am Meerestrand suchte.

Manchmal sah er hinter der Biegung eines Hanges vor sich ein Gewirr von spitzen Dächern, Brücken, Türmen, sich kreuzenden dunklen Gassen, aus dem ein fortwährendes Summen zu ihm heraufscholl.

Das Bedürfnis, am Dasein der anderen teilzuhaben, trieb ihn hinunter in die Stadt. Doch der rohe Ausdruck der Gesichter, der Lärm der Geschäfte, die Gleichgültigkeit der Reden ließen sein Herz erstarren. An Feiertagen, wenn die große Domglocke schon vom Morgengrauen an das ganze Volk in Freude versetzte, sah er die Bewohner aus den Häusern kommen, sah die Tänze auf den Plätzen, die Fässer von Kräuterbier an den Straßenecken, die Damastbehänge vor dem Quartier der Fürsten, und war der Abend gekommen, durch die Scheiben zu ebener Erde die Familientafeln, wo Großeltern Enkel auf den Knien hielten; sein Schluchzen schnürte ihm die Kehle zu, und er lief wieder hinaus ins freie Land.

Mit aufwallender Liebe betrachtete er die Fohlen auf den Weiden, die Vögel in ihren Nestern, die Insekten auf den Blumen; wenn er näherkam, liefen alle fort, verschwanden verstört in einem Versteck, flogen auf und davon.

Er suchte wieder die Einsamkeit. Aber der Wind trug etwas wie Todesröcheln an sein Ohr; die Tränen des fallenden Taus erinnerten ihn an andere Tropfen von schwererem Gewicht. Jeden Abend übergoß die Sonne die Wolken mit Blut; und jede Nacht, im Traum, begann sein Elternmord von neuem.

Er machte sich ein Büßerhemd mit eisernen Stacheln. Auf Knien erklomm er alle Anhöhen, auf denen eine Kapelle stand. Aber der unerbittliche Gedanke verdunkelte den Glanz der Tabernakel, marterte ihn bei seinen Kasteiungen.

Er empörte sich nicht gegen Gott, der ihm diese Tat beschieden hatte, und doch verzweifelte er darüber, daß er sie hatte begehen können.

Die eigene Person erfüllte ihn mit einem solchen Grauen, daß er sich, in der Hoffnung, sich ihrer zu entledigen, in Gefahren stürzte. Er rettete Gelähmte aus Feuersbrünsten, Kinder aus tiefen Schluchten. Der Abgrund gab ihn wieder frei, die Flammen verschonten ihn.

Die Zeit linderte sein Leiden nicht. Es wurde unerträglich. Er beschloß zu sterben.

Und als er eines Tages an einem Brunnen stand und sich hinabbeugte, um die Tiefe des Wassers zu prüfen, sah er vor sich einen gänzlich abgezehrten Greis mit weißem Bart und von so erbärmlichem Aussehen, daß er seine Tränen nicht zurückhalten konnte. Auch der andere weinte. Ohne ihn zu erkennen, entsann sich Julien dunkel eines ähnlichen Gesichtes. Er schrie auf; es war sein Vater; und er dachte nicht mehr daran, sich zu töten.

So zog er mit der Last seiner Erinnerung durch viele Länder; und er kam an einen Fluß, dessen Überquerung bei seiner Wildheit und den sumpfigen Ufern gefährlich war. Schon lange wagte sich kein Mensch mehr hinüber.

Ein alter Kahn, der hinten versunken war, streckte im Schilf seinen Bug in die Höhe. Julien besah ihn genauer und entdeckte ein Paar Ruder; und ihm kam der Gedanke, sein Leben zu nutzen, um anderen zu dienen.

Er begann eine Art Damm am Fluß zu errichten, der es erlaubte, bis zur Fahrrinne hinunter zu steigen; und er zerbrach sich die Nägel bei dem Versuch, riesige Steine zu bewegen, die er am Bauch abstützte, um sie zu transportieren, glitt im Schlamm aus, sank ein, wäre etliche Male beinahe umgekommen.

Dann besserte er das Boot mit angeschwemmten Planken aus und baute sich eine Hütte aus Lehm und Ästen.

Als die Überfahrt bekannt war, stellten die Reisenden sich ein. Sie riefen vom andern Ufer herüber und schwenkten Fahnen; Julien sprang schnell in seinen Kahn. Er war sehr schwer; und man überlud ihn mit Gepäck und Bürden aller Art, die Lasttiere nicht gezählt, die vor Angst ausschlugen und das Gedränge noch größer machten. Er verlangte nichts für seine Mühe; manche gaben ihm Reste von Nahrung, die sie aus ihrem Sack zogen, oder abgetragene Kleidung, die sie nicht mehr wollten. Grobe Menschen brüllten Flüche. Julien wies sie sanft zurecht; und sie antworteten mit Beleidigungen. Er begnügte sich damit, sie zu segnen.

Ein kleiner Tisch, ein Schemel, ein Lager aus trockenem Laub und drei Tonschalen waren seine ganze Einrichtung. Zwei Löcher in der Wand dienten als Fenster.

Auf der einen Seite dehnte sich, soweit das Auge reichte, Brachland, in dem hier und da trübe Teiche lagen; und vor ihm wälzte der große Strom seine grünlichen Fluten. Im Frühjahr roch die feuchte Erde nach Verwesung. Dann wirbelte ein böiger Wind den Staub auf. Er drang überall ein, verschmutzte das Wasser, knirschte zwischen den Zähnen. Ein wenig später waren es Wolken von Mücken, und das Sirren und Stechen hörte Tag und Nacht nicht auf. Schließlich gab es grimmige Fröste, die alles zu Stein erstarren ließen und ein rasendes Verlangen weckten, Fleisch zu essen.

Monate verstrichen, ohne daß Julien einen Menschen sah. Oft schloß er die Augen und versuchte in der Erinnerung in seine Jugend zurückzukehren; – und es erschien ein Schloßhof mit Windhunden auf der Freitreppe, Dienern im Waffensaal und in einer Weinlaube ein Jüngling mit blondem Haar zwischen einem in Pelz gehüllten alten Mann und einer Dame in hohem Spitzhut; plötzlich waren die beiden Leichen da. Er warf sich bäuchlings auf sein Lager und weinend rief er wieder und wieder: »Ach! Armer Vater! Arme Mutter! Arme Mutter!« und verfiel in eine Schwäche, in der sich die düsteren Visionen fortsetzten.

Eines Nachts, im Schlaf, meinte er, jemand riefe ihn. Er lauschte und vernahm nur das Tosen der Wogen.

Aber dieselbe Stimme wiederholte:

– Julien!

Sie kam vom anderen Ufer, was ihm erstaunlich schien bei der Breite des Stromes.

Ein drittes Mal rief es:

– Julien!

Und die laute Stimme tönte wie eine Kirchenglocke.

Als er seine Laterne angezündet hatte, trat er aus der Hütte. Ein wütender Sturm erfüllte die Nacht. Die Finsternis war undurchdringlich und da und dort von der weißen Gischt der Wellen zerrissen.

Julien zögerte einen Augenblick, dann löste er das Tau. Ganz plötzlich wurde das Wasser ruhig, der Kahn glitt hinüber und stieß an das andere Ufer, wo ein Mann wartete.

Er war in zerrissene Leinwand gehüllt, das Gesicht einer Gipsmaske gleich und die beiden Augen glühender als Kohlen. Als er die Laterne hob, sah Julien, daß ein gräßlicher Aussatz ihn bedeckte; und doch hatte er in seinem Gebaren die Würde eines Königs.

Kaum war er in den Kahn gestiegen, sank das Boot tief ein; ein Schlag hob es wieder; und Julien begann zu rudern.

Bei jedem Riemenzug wurde es vorn von den brandenden Wellen emporgehoben. Das Wasser, schwärzer als Tinte, raste brodelnd an den Bordwänden entlang. Es höhlte sich zu Abgründen und türmte sich zu Bergen, und das kleine Schiff sprang darüber hinweg und stürzte dann wieder in die Tiefen, wo es, vom Wind gebeutelt, umherkreiselte.

Julien beugte sich vor, spannte die Arme und warf sich mit aufgestemmten Füßen im Bogen nach hinten, um mehr Kraft zu haben. Der Hagel peitschte die Hände, der Regen rann seinen Rücken hinunter, die tosende Luft nahm ihm den Atem, er hielt inne. Da wurde das Boot abgetrieben. Er aber begriff, daß es sich um etwas Gewaltiges handelte, um einen Befehl, dem man sich nicht widersetzen durfte, und nahm die Ruder wieder auf; und das Knarren der Dullen fuhr durch das Heulen des Sturms.

Vor ihm brannte die kleine Laterne. Ab und an wurde sie von vorüberjagenden Vögeln verdeckt. Doch stets sah er die Augen des Aussätzigen, der reglos wie eine Säule im Heck stand.

Und es dauerte lange, lange!

Als sie in der Hütte angekommen waren, schloß Julien die Tür; und er sah, wie er sich auf dem Schemel niederließ. Die Art Leichentuch, die ihn bedeckte, war auf die Hüften gesunken; und Schultern, Brust und die hageren Arme verschwanden unter Schichten schuppiger Pusteln. Tiefe Falten durchfurchten seine Stirn. Anstelle der Nase hatte er ein Loch, wie ein Skelett; und aus seinen bläulichen Lippen strömte, wie dichter Nebel, ein ekelerregender Atem.

– Ich habe Hunger! sagte er.

Julien gab ihm, was er besaß, ein altes Stück Speck und eine Schwarzbrotkruste.

Als er beides verschlungen hatte, sah man auf Tisch, Schale und Messergriff die gleichen Flecken wie auf seinem Körper.

Dann sagte er: »Ich habe Durst!«

Julien holte seinen Krug; und als er ihn in die Hand nahm, entstieg ihm ein Duft, der ihm Herz und Nase erquickte. Es war Wein; was für ein Fund! aber der Aussätzige streckte den Arm aus und leerte den Krug in einem Zug.

Dann sagte er: »Ich friere!«

Mit seiner Kerze entzündete Julien mitten in der Hütte ein Bündel Farnkraut.

Der Aussätzige kam und wärmte sich; und auf den Fersen kauernd zitterte er an allen Gliedern, die Kräfte verließen ihn; seine Augen leuchteten nicht mehr, seine Geschwüre eiterten, und mit fast erloschener Stimme murmelte er: »Dein Bett!«

Julien half ihm behutsam, sich zum Bett zu schleppen und breitete sogar das Segeltuch seines Schiffes über ihn, um ihn zuzudecken.

Der Aussätzige stöhnte. Seine Mundwinkel öffneten sich über den Zähnen, ein immer schnelleres Röcheln erschütterte seine Brust, und der Bauch höhlte sich bei jedem Atemzug bis zu den Rückenwirbeln.

Dann schloß er die Lider.

– Es ist wie Eis in meinen Knochen! Komm zu mir.

Und Julien hob das Tuch und legte sich, Seite an Seite, dicht zu ihm auf das Laub.

Der Aussätzige wandte den Kopf.

– Zieh dich aus, damit ich die Wärme deines Körpers spüre.

Julien zog seine Kleider aus; dann schlüpfte er, nackt wie am Tag seiner Geburt, zurück in das Bett; und an seinem Schenkel fühlte er die Haut des Aussätzigen, kälter als eine Schlange und rauh wie eine Feile.

Er versuchte, ihm Mut zuzusprechen; und der andere antwortete schwer atmend:

– Ach! ich sterbe! ... Komm näher, wärme mich! Nicht mit den Händen! nein! mit dem ganzen Körper.

Julien legte sich ganz über ihn, Mund an Mund, Brust an Brust.

Da zog der Aussätzige ihn an sich; und seine Augen erstrahlten plötzlich wie Sterne; sein Haar wurde lang wie die Strahlen der Sonne; sein Atemhauch war süß wie Rosen; aus dem Feuer stieg eine Wolke von Weihrauch, die Wellen sangen. Doch in Juliens Seele, die fast verging, senkten sich unendliche Wonnen, eine übermenschliche Freude; und er, der ihn weiter an sich drückte, wurde größer und größer und rührte schon mit Kopf und Füßen an die Wände der Hütte. Das Dach flog davon, das Firmament zeigte sich; – und Julien stieg in die blauen Räume, von Angesicht zu Angesicht mit unserem Herrn Jesus, der ihn in den Himmel trug.

Und dies ist die Geschichte von Saint Julien dem Gastfreundlichen, etwa so wie sie in einem Kirchenfenster meiner Heimat zu finden ist.

HERODIAS

I

Die Zitadelle Machärus erhob sich im Osten des Toten Meeres auf der Spitze eines kegelförmigen Basaltfelsens. Vier tiefe Täler umgaben sie, zwei zu den Seiten, eines gegenüber, das vierte dahinter. Häuser drängten sich an ihrem Fundament in einem Mauerring, der den Unebenheiten des Terrains folgend auf und ab lief; und durch einen Weg, der in den Fels schnitt, verband sich die Stadt mit der Festung, deren Mauern einhundertundzwanzig Ellen hoch waren, mit zahlreichen Ecken, Zinnen am First und da und dort Türmen, gleichsam die Zacken dieser steinernen Krone, die über dem Abgrund hing.

Im Innern befand sich ein mit Säulenhallen geschmückter Palast, überdacht von einer Terrasse mit einem Geländer aus dem Holz der Maulbeerfeige, wo Masten bereit standen, um ein Velarium zu spannen.

Eines Morgens, vor Tagesanbruch, trat dort der Tetrarch Herodes Antipas hinaus, stützte die Ellbogen auf und schaute hinab.

Gleich unter ihm begannen die Berge ihre Kämme zu enthüllen, während ihre Masse bis in die tiefsten Tiefen noch im Schatten lag. Ein Nebel verfloß, zerriß, und es erschienen die Konturen des Toten Meeres. Der Morgen, der sich hinter Machärus hob, verbreitete ein rotes Licht. Bald erleuchtete es die Uferstrände, die Hügel, die Wüste, und in der Ferne alle Berge Judäas mit ihren zerklüfteten grauen Hängen. In der Mitte zog Engaddi einen schwarzen Balken; Hebron wölbte sich im Hintergrund wie ein Dom; Esquol hatte Granatapfelbäume, Sorek

Weinstöcke, Karmel Sesamfelder; und der Antonia-Turm ragte mit seinem gewaltigen Kubus über Jerusalem auf. Der Tetrarch wandte den Blick, um zur Rechten die Palmen von Jericho zu betrachten; und er dachte an die anderen Städte seines Galiläa: Kapernaum, Endor, Nazareth, Tiberias, wohin er vielleicht nicht mehr käme. Der Jordan aber floß durch die trockene Ebene. Ganz weiß blendete sie wie ein Schneefeld. Der See schien jetzt aus Lapislazuli; und an seiner südlichen Spitze auf der Seite des Jemen entdeckte Antipas, was er zu sehen fürchtete. Braune Zelte lagen verstreut; Männer mit Speeren liefen zwischen den Pferden umher und verlöschende Feuer blinkten wie Funken dicht am Boden.

Es waren die Truppen des Königs der Araber, dessen Tochter er verstoßen hatte, um Herodias zu nehmen, die Frau seines Bruders, der ohne Anspruch auf die Macht in Italien lebte.

Antipas wartete auf die Hilfe der Römer; und da Vitellius der Statthalter von Syrien, noch immer nicht erschienen war, verging er vor Unruhe.

Sicher hatte Agrippa ihn beim Kaiser in Ungnade gebracht. Philipp, sein dritter Bruder, der Fürst von Basan, rüstete heimlich zum Kampf. Die Juden waren seine gottlosen Sitten leid, und alle anderen seine Herrschaft; und so schwankte er zwischen zwei Plänen: die Araber besänftigen oder ein Bündnis mit den Parthern schließen; und unter dem Vorwand, seinen Geburtstag zu feiern, hatte er eben für diesen Tag die Führer seiner Truppen, die Verwalter seiner Ländereien und die Häupter Galiläas zu einem großen Fest geladen.

Mit scharfem Blick schaute er suchend über alle Straßen. Sie waren leer. Adler kreisten über seinem Kopf; die Soldaten schliefen längs des Walls an die Mauern gelehnt; im Schloß regte sich nichts.

Plötzlich ließ eine ferne Stimme, die aus den Tiefen

der Erde zu kommen schien, den Tetrarchen erblassen. Er beugte sich vor, um zu lauschen; sie war verstummt. Sie ertönte von neuem; und er klatschte in die Hände und rief: »Mannäi! Mannäi!«

Ein Mann erschien, nackt bis zum Gürtel wie die Masseure in den Bädern. Er war sehr groß, alt und hager und trug an der Hüfte in einer bronzenen Scheide einen Dolch. Sein Haar, mit einem Kamm zurückgesteckt, machte seine Stirn noch höher. Die Augen waren fahl vor Schlaftrunkenheit, doch seine Zähne blitzten und seine Zehen lagen leicht auf den Fliesen, der ganze Körper geschmeidig wie ein Affe und das Gesicht undurchdringlich wie eine Mumie.

– Wo ist er? fragte der Tetrarch.

– Ich dachte, ich hätte ihn gehört.

Mit dem Daumen auf etwas hinter sich weisend, antwortete Mannäi:

– Immer noch da!

Und Antipas atmete tief und ließ sich über Jochanaan berichten, denselben, den die Lateiner Johannes den Täufer nennen. Waren die beiden Männer noch einmal gesehen worden, die man aus Nachsicht im letzten Monat in seinen Kerker gelassen hatte, und war bekannt, was sie seitdem unternommen hatten?

Mannäi erwiderte:

– Sie haben geheimnisvolle Worte mit ihm gewechselt, wie Räuber, nachts, am Kreuzweg. Dann haben sie sich nach dem Oberen Galiläa aufgemacht und verkündet, sie brächten eine große Neuigkeit.

Antipas senkte den Kopf, und mit einem Ausdruck des Entsetzens sagte er:

– Hüte ihn! Hüte ihn! Und laß niemanden hinein! Schließ gut die Tür! Deck die Grube ab! Man darf nicht einmal ahnen, daß er lebt!

Mannäi befolgte diese Befehle, auch ohne sie erhalten

zu haben; denn Jochanaan wäre Jude, und wie alle Samariter verabscheute er die Juden.

Ihr Tempel von Garizim, der von Moses zur Mitte Israels erklärt worden war, stand seit König Hyrcan nicht mehr; und der von Jerusalem erregte als eine Beleidigung und ein ständiges Unrecht ihre Wut. Mannäi war hineingeschlichen, um den Altar mit Gebeinen zu besudeln. Seine Gefährten, weniger schnell als er, waren enthauptet worden.

In der Senke zwischen zwei Hügeln konnte er ihn sehen. Die Sonne ließ seine Mauern aus weißem Marmor und die goldenen Platten auf dem Dach erstrahlen. Es war wie ein Berg aus Licht, etwas Überirdisches, das alles mit seiner Pracht und seiner Herrlichkeit erdrückte.

Da hob er die Arme gegen Zion; und hoch aufgerichtet, mit zurückgeneigtem Kopf und geballten Fäusten schleuderte er ihm einen Fluch entgegen, im Glauben, die Worte hätten eine wirkliche Macht.

Antipas hörte es und schien keinen Anstoß daran zu nehmen.

Der Samariter sagte noch:

– Manchmal wird er unruhig, möchte fliehen, hofft auf Befreiung. Ein andermal ist er wie ein krankes Tier; oder ich merke, wie er im Finstern umhertappt und immer wieder sagt: »Was liegt schon daran? Auf daß er wachse, muß ich vergehen!«

Antipas und Mannäi sahen sich an. Aber der Tetrarch war das Grübeln leid.

All diese Berge um ihn, wie sich türmende versteinerte Wellen, die schwarzen Abgründe in den Hängen der Steilwände, die Unendlichkeit des blauen Himmels, das grelle Tageslicht, die Tiefe der Schluchten, all das regte ihn auf; und ihm wurde elend angesichts der Wüste, deren wildes Gelände Amphitheater und zerstörte Paläste vortäuscht. Der heiße Wind trug mit einem Schwefelgeruch gleichsam die Ausdünstungen verfluchter Städte her, die unter dem Ufer von schweren Wassern begraben waren. Solche Zeichen himmlischen Zorns erschreckten ihn tief; und die Ellbogen auf das Geländer und den Kopf in die Hände gestützt, starrte er vor sich hin. Jemand hatte ihn berührt. Er drehte sich um. Vor ihm stand Herodias.

Ein leichtes Purpurgewand umhüllte sie bis zu den Sandalen. Sie war aus ihrem Zimmer gestürzt und trug weder Kette noch Ohrringe; über einen Arm fiel eine Flechte ihres schwarzen Haars und verschwand am Ende zwischen ihren Brüsten. Die gewölbten Nasenflügel bebten; ihr Gesicht erstrahlte im Triumph, und sie schüttelte den Tetrarchen und rief:

– Cäsar liebt uns! Agrippa ist im Gefängnis!

– Wer hat dir das gesagt?

– Ich weiß es!

Sie fügte hinzu:

– Weil er Caius die Kaiserkrone gewünscht hat!

Er lebte von ihren Almosen und hatte doch nach dem Königstitel getrachtet, den auch sie begehrten. Aber in Zukunft gab es nichts mehr zu befürchten! »Tiberias' Kerker öffnen sich nicht so leicht, und manchmal ist man darin seines Lebens nicht sicher!«

Antipas begriff; und obwohl sie Agrippas Schwester war, schien ihm ihre schreckliche Absicht gerechtfertigt. Diese Morde folgten aus den Dingen, waren ein Verhängnis der Königshäuser. In dem von Herodes zählte man sie nicht mehr.

Dann erklärte sie ihm, wie sie es angestellt hatte: die bestochenen Schützlinge, die abgefangenen Briefe, Spione an sämtlichen Türen, und wie es ihr gelungen war, den Verräter Eutyches zu verführen.

– Das hat mich alles nichts gekostet! Habe ich nicht für dich noch mehr getan? Ich habe meine Tochter verlassen!

Nach ihrer Scheidung hatte sie dieses Kind in Rom zurückgelassen, in der festen Hoffnung, weitere Kinder von dem Tetrarchen zu bekommen. Sie sprach nie davon. Er fragte sich, woher ihr Anfall von Zärtlichkeit rührte.

Man hatte das Velarium ausgespannt und rasch große Kissen neben sie gelegt. Herodias ließ sich darauf nieder, wandte sich ab und weinte. Dann strich sie sich mit den Händen über die Lider und sagte, sie wolle nicht mehr daran denken, sie sei glücklich; und sie erinnerte ihn an ihre Plaudereien dort im Atrium, an die Treffen im Dampfbad, an ihre Spaziergänge auf der Heiligen Straße, und die Abende, in den großen Villen, beim Plätschern der Springbrunnen, unter Blumenbögen, vor der römischen Campagna. Sie sah ihn wie damals an und drückte sich schmeichelnd an seine Brust. – Er stieß sie zurück. Die Liebe, die sie wiederzuerwecken versuchte, lag jetzt so fern! Und daher kam sein ganzes Elend; denn der Krieg dauerte nun bald zwölf Jahre. Er hatte den Tetrarchen alt gemacht. Seine Schultern krümmten sich in einer dunklen Toga mit violetten Kanten; sein weißes Haar hing in den Bart, und die Sonne, die durch das Segeltuch drang, ergoß ihr Licht über seine kummervolle Stirn. Auch die von Herodias hatte Falten; und sie saßen sich gegenüber und betrachteten sich mit wilden, scheuen Blicken.

Die Gebirgspfade begannen sich zu bevölkern. Hirten trieben Ochsen an, Kinder zogen Esel, Stallknechte führten Pferde. Wer von den Höhen jenseits Machärus herabstieg, verschwand hinter dem Schloß; andere kamen vorne den Hohlweg herauf und luden, wenn sie in der Stadt angelangt waren, ihr Gepäck in den Höfen ab. Es waren die Lieferanten des Tetrarchen und Diener als Vorhut seiner Gäste.

Doch hinten links auf der Terrasse erschien, barfuß,

mit stoischer Miene, ein Essäer in weißem Gewand. Mannäi stürzte von rechts vor und hob seinen Dolch.

Herodias rief ihm zu:

– Töte ihn!

– Halt! sagte der Tetrarch.

Er blieb reglos stehen; der andere ebenso.

Dann entfernten sie sich, jeder auf einer anderen Treppe, ohne sich aus den Augen zu verlieren.

– Ich kenne ihn! sagte Herodias; er heißt Phanuel und versucht Jochanaan zu sprechen, da du so verblendet bist, ihn zu schonen!

Antipas wandte ein, er könne eines Tages von Nutzen sein. Durch seine Angriffe auf Jerusalem würden sie alle übrigen Juden für sich gewinnen.

– Nein! erwiderte sie, sie erkennen jeden Meister an und sind unfähig, ein Vaterland zu gründen.

Bei ihm, der das Volk mit Verheißungen aus den Zeiten Nehemias in Aufruhr hielt, sei es die beste Politik, ihn verschwinden zu lassen.

Nach Meinung des Tetrarchen hatte es damit keine Eile. Jochanaan gefährlich? Aber nein! Er tat, als lache er darüber!

– Schweig!

Und sie erzählte noch einmal von ihrer Demütigung, als sie eines Tages zur Balsamernte nach Gilead gefahren war.

– Am Fluß legten Menschen ihre Gewänder wieder an. Daneben, auf einem Hügel, sprach ein Mann. Er trug ein Kamelfell um die Hüften, und sein Kopf glich dem eines Löwen. Kaum hatte er mich entdeckt, spie er auch schon sämtliche Flüche der Propheten über mich. Seine Augen blitzten; seine Stimme dröhnte; er hob die Arme, als wolle er den Donner aus dem Himmel reißen. An Flucht kein Gedanke! die Räder meines Wagens steckten bis an die Achsen im Sand; und ich zog mich langsam zurück und verkroch mich unter meinem Mantel, wie zu Eis erstarrt unter diesen Schmähungen, die wie ein Gewitterregen auf mich niedergingen.

Jochanaan verleidete ihr das Leben. Als man ihn gegriffen und mit Stricken gebunden hatte, sollten die Soldaten ihn erstechen, wenn er Widerstand leistete; er war gefügig gewesen. Man hatte Schlangen in sein Gefängnis geworfen; sie waren gestorben.

Die Vergeblichkeit ihrer Nachstellungen empörte Herodias. Doch, warum dieser Krieg gegen sie? Welche Absicht trieb ihn dazu? Seine der Menge entgegengebrüllten Reden hatten sich verbreitet, machten die Runde; sie hörte sie überall, die Luft war voll davon. Legionen gegenüber wäre sie furchtlos gewesen. Aber diese Macht, schlimmer als Dolche, die sich nicht fassen ließ, war entsetzlich; und blaß vor Wut lief sie über die Terrasse und fand keine Worte, um auszudrücken, was sie erstickte.

Sie dachte auch, der Tetrarch werde der allgemeinen Meinung nachgeben und auf die Idee kommen, sie zu verstoßen. Dann war alles verloren! Seit ihrer Kindheit nährte sie den Traum von einem großen Reich. Darum hatte sie ihren ersten Mann verlassen und sich mit diesem verbunden, der sie getäuscht hatte, wie sie glaubte.

– Da habe ich ja eine gute Partie gemacht, als ich in deine Familie kam!

– Sie ist so gut wie deine! sagte der Tetrarch schlicht.

Herodias fühlte in ihren Adern das Blut der Priester und der Könige unter ihren Ahnen brodeln.

– Aber dein Großvater hat den Tempel von Askalon ausgekehrt! Die anderen waren Hirten, Banditen, Karawanenführer, eine wilde Horde, Juda tributpflichtig seit König David! All meine Vorfahren haben die deinen besiegt! Der erste der Maccabäer hat euch aus Hebron verjagt, Hyrcan hat euch zur Beschneidung gezwungen!

Und der Verachtung der Patrizierin für den Plebejer

freien Lauf lassend, warf sie ihm seine Gleichgültigkeit bei Beleidigungen vor, seine Nachgiebigkeit den Pharisäern gegenüber, die ihn verrieten, seine Feigheit vor dem Pöbel, der ihn verabscheute.

– Du bist wie der Pöbel, gib es zu! und du sehnst dich nach deinem arabischen Flittchen, das um die Steine tanzt. Hol sie doch wieder! Geh und lebe mit ihr in ihrem Haus aus Stoff, verschling ihr in der Asche gebackenes Brot! schluck die saure Milch ihrer Schafe! küß ihre blauen Wangen! und vergiß mich!

Der Tetrarch hörte nicht mehr zu. Er schaute auf das Flachdach eines Hauses, wo sich ein junges Mädchen und eine alte Frau befanden, die einen Sonnenschirm mit einem Schilfrohrgriff hielt, so lang wie eine Angel. Mitten auf dem Teppich stand ein großer offener Reisekorb. Gürtel, Schleier, goldene Ohrgehänge quollen in einem Durcheinander über den Rand. Das junge Mädchen beugte sich dann und wann über diese Dinge und schüttelte sie aus. Wie die Römerinnen war sie mit einer gerafften Tunika samt Peplon mit Smaragdquasten gekleidet; und schmale blaue Riemen hielten ihr Haar, das wohl zu schwer war, denn von Zeit zu Zeit legte sie die Hand daran. Der Schatten des Sonnenschirms wanderte über sie hin und verbarg sie zur Hälfte. Antipas konnte zwei oder drei Mal ihren zarten Hals erkennen, ein halbes Auge, den Winkel eines kleinen Mundes. Aber von den Hüften bis zum Nacken sah er ihre ganze Gestalt, die sich beugte und dann elastisch wieder aufrichtete. Er lauerte auf die Wiederholung dieser Bewegung, und sein Atem wurde heftiger; seine Augen flammten auf. Herodias beobachtete ihn.

Er fragte: »Wer ist das?«

Sie antwortete, sie wisse es nicht, schien plötzlich beruhigt und ging.

Der Tetrarch wurde in den Säulengängen von den Galiläern erwartet, dem ersten Schreiber, dem Vorsteher der Weideländer, dem Verwalter der Salinen und von einem Juden aus Babylon, dem Befehlshaber seiner Reiterei. Alle begrüßten ihn mit Beifall. Dann verschwand er in die inneren Gemächer.

In einem Gang tauchte an einer Ecke Phanuel auf.

– Ach! immer noch hier? Sicher kommst du wegen Jochanaan?

– Und deinetwegen! Ich bringe dir eine große Nachricht.

Er wich Antipas nicht von der Seite und trat hinter ihm in ein dunkles Gemach.

Das Tageslicht fiel durch ein Gitter und verbreitete sich unter dem Gesims. Die Wände waren granatfarben, fast schwarz. Im Hintergrund stand ein Bett aus Ebenholz mit Gurten aus Rindsleder. Darüber leuchtete wie eine Sonne ein goldenes Schild.

Antipas schritt durch den Raum und legte sich auf das Bett.

Phanuel stand aufrecht da. Er hob den Arm und sagte mit bewegter Stimme:

– Der Höchste schickt von Zeit zu Zeit einen seiner Söhne. Einer ist Jochanaan. Wenn du dich an ihm vergreifst, wirst du bestraft werden.

– Aber er verfolgt doch mich! schrie Antipas. Er hat Unmögliches von mir verlangt. Seither zerreißt er mich. Und zuerst war ich nicht hart! er hat sogar Männer von Machärus ausgesandt, die meine Provinzen in Aufruhr bringen. Sein Leben soll verflucht sein! Er greift mich an, also wehre ich mich!

– Seine Wut ist zu heftig, erwiderte Phanuel. Gleichwohl! Du mußt ihn freilassen.

– Wilde Tiere läßt man nicht frei! sagte der Tetrarch.

Der Essäer entwortete:

– Sei von nun an unbesorgt! Er wird zu den Arabern

gehen, den Galliern, den Skythen. Sein Werk soll sich verbreiten bis ans Ende der Welt.

Antipas schien in eine Vision versunken.

– Seine Macht ist groß!… Ich liebe ihn gegen meinen Willen!

– Er soll also frei sein?

Der Tetrarch schüttelte den Kopf. Er fürchtete Herodias, Mannäi und den Unbekannten.

Phanuel versuchte ihn zu überzeugen, indem er zur Unterstützung seiner Vorschläge die Unterwerfung der Essäer unter die Könige anführte. Man achtete diese armen, durch keine Strafe bezwingbaren Menschen, die in Leinen gekleidet waren und die Zukunft in den Sternen lasen.

Antipas fielen Phanuels erste Worte ein.

– Was war es so Wichtiges, das du mir erzählen wolltest?

Ein Neger erschien. Sein Körper war weiß von Staub. Er keuchte und stieß nur noch hervor:

– Vitellius!

– Wie? Er kommt?

– Ich habe ihn gesehen. In weniger als drei Stunden ist er hier!

Die Portieren in den Gängen wogten wie im Wind. Ein Rumoren erfüllte das Schloß, ein Lärm von Schritten, von geschleiften Möbeln, fallendem Silber; und von den Türmen erschollen die Hörner, um die verstreuten Sklaven zu rufen.

II

Der Wall war voller Menschen, als Vitellius in den Hof trat. Er stützte sich auf den Arm seines Dolmetschers, ihm folgte eine große Sänfte mit Federbüschen und Spiegeln, er trug die Toga, das Laticlavium und die Halbstiefel eines Konsuls und war umgeben von Liktoren.

Sie pflanzten ihre von einem Riemen zusammengehaltenen zwölf Reisigbündel mit der Hacke in der Mitte vor das Tor. Da erbebten alle vor der Majestät des römischen Volkes.

Die von acht Männern getragene Sänfte hielt an. Heraus stieg ein junger Mann mit dickem Bauch, einem von Pusteln übersäten Gesicht und perlenbesetzten Ringen an den Fingern. Man reichte ihm eine Schale mit Wein und Gewürzen. Er trank und verlangte eine zweite.

Der Tetrarch war vor dem Prokonsul auf die Knie gesunken, betrübt, wie er sagte, nicht eher von der Gunst seiner Gegenwart erfahren zu haben. Sonst hätte er auf den Straßen alles Nötige für die Vitellier angeordnet. Sie waren Abkömmlinge der Göttin Vitellia. Eine Straße, die von Janiculus zum Meer führte, trug immer noch ihren Namen. Es gab unzählige Quästoren und Konsuln in ihrer Familie; und was Lucius betraf, der jetzt sein Gast war, schuldete man ihm Dank als Besieger der Kliten und Vater des jungen Aulus, der gleichsam in sein Reich zurückkehrte, da der Orient die Heimat der Götter war. Diese überschwenglichen Reden wurden auf lateinisch gesprochen. Vitellius hörte sie an, ohne eine Miene zu verziehen.

Er erwiderte, daß der große Herodes zum Ruhm einer Nation genüge. Die Athener hatten ihm die Oberaufsicht über die Olympischen Spiele gegeben. Er hatte Tempel zu Ehren von Augustus gebaut, war beharrlich, klug, furchterregend, und den Cäsaren stets treu gewesen.

Zwischen den Säulen mit den ehernen Kapitellen sah man, inmitten der Frauen und Eunuchen, die auf vergoldeten Platten brennende Spezereien trugen, Herodias nahen wie eine Königin.

Der Prokonsul kam ihr drei Schritte entgegen; und nachdem sie ihn mit einem Neigen des Kopfes begrüßt hatte, rief sie:

– Welch ein Glück, daß Agrippa, der Feind von Tiberius von nun an nicht mehr schaden kann!

Er wußte nichts von diesem Ereignis; sie kam ihm gefährlich vor; und da Antipas schwor, für den Kaiser werde er alles tun, fügte Vitellius hinzu:

– Selbst wenn es anderen schadet?

Er hatte Geiseln vom König der Parther genommen, und das war nicht mehr im Sinne des Kaisers; und Antipas, der bei der Unterhandlung anwesend war, um sich wichtig zu machen, hatte die Nachricht sofort übermittelt. Daher ein tiefer Haß und das Zögern, Hilfe zu leisten.

Der Tetrarch stammelte. Doch Aulus sagte lachend:

– Beruhige dich, ich beschütze dich!

Der Prokonsul tat, als habe er nichts gehört. Der Reichtum des Vaters hing von der Schande des Sohnes ab, und diese Pflanze aus den Sümpfen Capris brachte ihm so erhebliche Vorteile, daß er sie mit Rücksichten umgab, wenn er ihr auch mißtraute, denn sie war giftig.

Unter dem Tor erhob sich ein Tumult. Man ließ eine Reihe weißer Maultiere herein, auf denen Personen in Priestergewändern saßen. Es waren Sadduzäer und Pharisäer, die derselbe Ehrgeiz nach Machärus trieb, die einen, weil sie das Priesteramt haben, die anderen, weil sie es behalten wollten. Ihre Gesichter waren düster, vor allem die der Pharisäer, der Feinde Roms und des Tetrarchen. Die weite Tunika behinderte sie im Gedränge; und die Tiara schwankte auf ihrer Stirn über den mit Schriftzeichen versehenen Pergamentstreifen.

Fast gleichzeitig erschienen die Soldaten der Vorhut. Sie hatten ihre Schilde zum Schutz vor dem Staub in Hüllen gesteckt; und hinter ihm kam Marcellus, der Leutnant des Prokonsuls, mit Zöllnern, die Holztafeln unter den Arm geklemmt hatten.

Antipas nannte die Vornehmsten seines Gefolges: Tolmai, Kanthera, Sehon, Ammonius aus Alexandria, der Erdpech für ihn kaufte, Naamann der Befehlshaber seiner Fußtruppen, Jachim der Babylonier.

Vitellius hatte Mannäi entdeckt.

– Und dort, wer ist das?

Der Tetrarch gab mit einer Handbewegung zu verstehen, daß es der Henker war.

Dann stellte er die Sadduzäer vor.

Jonathas, ein kleiner Mann von freier Art, der griechisch sprach, bat den Herrn inständig, ihnen die Ehre eines Besuches in Jerusalem zu erweisen. Wahrscheinlich würde er kommen.

Eleazar mit der gebogenen Nase und dem langen Bart verlangte für die Pharisäer den Mantel des Hohenpriesters, der von der Obrigkeit im Antonia-Turm zurückgehalten wurde.

Dann beklagten sich die Galiläer über Pontius Pilatus. Als einmal ein Wahnsinniger in einer Höhle bei Samaria die Goldgefäße Davids suchte, habe er einige Bürger hinrichten lassen; und alle sprachen zugleich, Mannäi noch aufgebrachter als die anderen, Vitellius versicherte, daß die Schuldigen bestraft würden.

Vor der Säulenhalle, wohin die Soldaten ihre Schilde

gehängt hatten, brach Geschrei aus. Man hatte die Überzüge abgenommen, und so sah man auf den *Umbonen* das Antlitz Cäsars. Für die Juden war das Götzenverehrung. Antipas sprach zu ihnen, während sich Vitellius auf einem erhöhten Sitz im Säulengang über ihre Wut wunderte. Tiberius hatte zu Recht vierhundert von ihnen nach Sardinien verbannt. Doch im eigenen Land waren sie stark; und er befahl, die Schilde zu entfernen.

Da umringten sie den Prokonsul und erflehten Wiedergutmachungen für Ungerechtigkeiten, Vergünstigungen, Almosen. Die Gewänder wurden zerrissen, man erdrückte sich; und um Platz zu schaffen, hieben Sklaven mit Stöcken nach rechts und links. Die dem Tor am nächsten standen, liefen den Pfad hinunter, andere kamen herauf; sie fluteten zurück; zwei sich kreuzende Ströme in dieser wogenden Menschenmenge, die zwischen die Festungsmauern gepfercht war.

Vitellius fragte, warum es so viele waren. Antipas nannte den Grund: das große Fest zu seinem Geburtstag; und er wies auf mehrere seiner Leute, die sich über die Zinnen beugten und riesige Körbe mit Fleisch, Früchten, Gemüse, Antilopen und Störchen, großen blauen Fischen, Weintrauben, Wassermelonen und Pyramiden von Granatäpfeln heraufzogen. Aulus konnte nicht länger widerstehen. Überwältigt von jener Gefräßigkeit, die die Welt in Erstaunen versetzen sollte, stürzte er zu den Küchen.

Als er an einem Keller vorüberkam, bemerkte er Töpfe so groß wie Harnische. Vitellius kam, um sie sich anzusehen; und forderte, daß man ihm die unterirdischen Kammern der Festung öffne.

Sie waren als große Gewölbe in den Fels gehauen, mit Pfeilern in einigen Abständen. Der erste enthielt alte Rüstungen; aber der zweite quoll über von Spießen, die ihre Spitzen aus einem Strauß Federn emporreckten. Der dritte schien mit Schilfmatten ausgekleidet, so viele dünne Pfeile hingen senkrecht nebeneinander. Säbelklingen bedeckten die Wände des vierten. In der Mitte des fünften glichen Reihen von Helmen mit ihrem Helmbusch einem Bataillon Schlangen. Im sechsten sah man nur Köcher; im siebten nur Beinpanzer; im achten nur Armpanzer; in den folgenden Forken, Enterhaken, Leitern, Stricke, bis zu den Stangen für die Katapulte und den Schellen für die Brustriemen der Dromedare! und da der Berg unten immer breiter wurde, im Innern ausgehöhlt wie ein Bienenkorb, lagen unter diesen Kammern noch viel mehr und noch viel tiefere.

Vitellius, Phineas, sein Dolmetscher, und Sisenna, der oberste Zöllner, liefen beim Schein der von drei Eunuchen getragenen Fackeln durch die Gewölbe.

Im Dunkeln waren gräßliche Dinge zu erkennen, die sich die Barbaren ausgedacht hatten: mit Nägeln gespickte Totschläger, vergiftete Speere, Zangen wie Krokodilsmäuler; kurz, der Terarch besaß in Machärus Kriegsgerät für vierzigtausend Mann.

Er hatte es in Erwartung eines Bündnisses seiner Feinde zusammengetragen. Aber der Prokonsul konnte glauben oder behaupten, daß es zum Kampf gegen die Römer bestimmt sei, und er suchte nach Erklärungen.

Es waren nicht seine eigenen Waffen; viele dienten zum Schutz vor Räubern; außerdem brauchte er sie gegen die Araber; oder alles hatte seinem Vater gehört. Und statt hinter dem Prokonsul zu gehen, lief er mit schnellen Schritten vor ihm her. Dann stellte er sich an die Wand und verdeckte sie mit gespreizten Ellbogen durch seine Toga; doch der obere Teil einer Tür ragte über seinen Kopf. Vitellius hatte sie bemerkt und wollte wissen, was sie verbarg.

Nur der Babylonier konnte sie öffnen.

– Ruf den Babylonier!

Man wartete auf ihn.

Sein Vater war von den Ufern des Euphrat gekommen, um sich mit fünfhundert Reitern dem großen Herodes zur Verteidigung der östlichen Grenzen anzubieten. Nach der Teilung des Königreiches war Jachim bei Philipp geblieben und diente nun Antipas.

Er erschien mit einem Bogen über der Schulter und einer Peitsche in der Hand. Bunte Bänder umschnürten seine stämmigen Beine. Die kräftigen Arme kamen aus einer ärmellosen Tunika, und eine Pelzkappe überschattete sein Gesicht mit dem gekräuselten Bart.

Anfangs schien er den Dolmetscher nicht zu verstehen. Aber Vitellius blickte kurz zu Antipas herüber, der sofort seinen Befehl wiederholte. Da legte Jachim seine beiden Hände an die Tür. Sie glitten in die Mauer.

Ein heißer Luftstoß quoll aus der Finsternis. Ein gewundener Gang führte in die Tiefe; sie stiegen hinab und gelangten an den Eingang einer Höhle, größer noch als die anderen unterirdischen Gewölbe.

Im Hintergrund öffnete sich ein Bogenfenster zu dem Abgrund hin, der auf dieser Seite die Zitadelle schützte. Ein Geißblatt, das sich an die Wölbung klammerte, ließ seine Blüten ins helle Tageslicht fallen. Auf dem Boden murmelte ein schmaler Wasserlauf.

Weiße Pferde, an die hundert vielleicht, fraßen Gerste von einem Brett in Höhe ihres Mauls. Sie hatten alle eine blau gefärbte Mähne, die Hufe steckten in geflochtenen Hüllen aus Spartgras, und das Haar zwischen den Ohren stand in Büscheln über der Stirn wie eine Perücke. Mit dem langen Schweif schlugen sie sachte gegen ihre Fesseln.

Der Prokonsul stand stumm vor Bewunderung.

Es waren wunderbare Tiere, gewandt wie Schlangen, leicht wie Vögel. Sie schossen mit dem Pfeil des Reiters los, warfen die Männer zu Boden, indem sie sie in den

Leib bissen, fanden den Weg aus Felslabyrinthen, sprangen über Abgründe, und in den Ebenen hörte ihr rasender Galopp den ganzen Tag nicht auf; ein Wort brachte sie zum Stehen. Kaum war Jachim in den Raum getreten, kamen sie zu ihm wie Schafe, wenn der Hirte erscheint; und den langen Hals reckend, schauten sie ihn unruhig mit ihren Kinderaugen an. Wie gewöhnlich stieß er aus tiefster Kehle einen rauhen Schrei hervor, der sie in Freude versetzte; und nach Weite gierend, bäumten sie sich auf und verlangten nach Bewegung.

Aus Angst, Vitellius werde sie ihm wegnehmen, hatte Antipas sie an diesen Ort gebracht, der im Fall einer Belagerung für die Tiere vorgesehen war.

– Der Stall ist schlecht, sagte der Prokonsul, und du läufst Gefahr, sie zu verlieren! Nimm den Bestand auf, Sisenna!

Der Zöllner zog eine Tafel aus seinem Gürtel, zählte die Pferde und schrieb die Anzahl auf.

Die Steuereinnehmer bestachen die Statthalter, um die Provinzen zu plündern. Dieser schnüffelte mit seiner Marderschnauze und den blinzelnden Augen überall herum.

Schließlich ging man wieder hinaus in den Hof.

Runde Bronzedeckel bedeckten im Pflaster hier und da die Zisternen. Er musterte eine, die größer war als die anderen und nicht unter den Schritten hallte. Er beklopfte abwechselnd alle, dann stampfte er auf und brüllte:

– Ich habe ihn! ich habe ihn! Hier liegt der Schatz des Herodes!

Die Suche nach diesen Schätzen war eine Manie der Römer.

Sie existierten nicht, schwor der Tetrarch.

Was aber war darunter?

– Nichts! ein Mann, ein Gefangener.

– Zeig ihn her! sagte Vitellius.

Der Tetrarch gehorchte nicht, die Juden hätten sein Geheimnis erfahren. Die Weigerung, die Platte zu öffnen, machte Vitellius ungeduldig.

– Schlagt sie ein! rief er den Liktoren zu.

Mannäi hatte erraten, woran sie dachten. Er sah ein Beil und glaubte, man werde Jochanaan enthaupten; bei dem ersten Schlag auf die Platte fiel er dem Liktor in den Arm, schob eine Art Haken zwischen Platte und Pflaster, und indem er seine langen hageren Arme anspannte, stemmte er sie vorsichtig auf; sie fiel zurück; alle bewunderten die Kraft dieses Alten. Unter dem innen mit Holz verdoppelten Deckel lag eine Falltür gleicher Größe. Ein Faustschlag und sie klappte auseinander; ein Loch wurde sichtbar, eine riesige Grube, umwunden von einer Treppe ohne Geländer; und auf dem Grund erblickten sie etwas Unkenntliches und Erschreckendes.

Unter langen Haaren, die sich mit dem Fell auf seinem Rücken vermengten, lag auf dem Boden ein menschliches Wesen. Es erhob sich. Seine Stirn berührte ein waagerecht eingesetztes Gitter; und von Zeit zu Zeit verschwand es in den Tiefen seiner Höhle.

Die Sonne ließ die Spitzen der Tiaren, den Knauf der Schwerter funkeln, brachte das Pflaster zum Glühen; und von dem Gesims flatterten Tauben auf und kreisten über dem Hof. Es war die Stunde, zu der Mannäi ihnen für gewöhnlich Körner streute. Er kauerte vor dem Tetrarchen, der neben Vitellius stand. Dahinter bildeten die Galiläer, die Priester, die Soldaten einen Kreis; alle schwiegen, in der Angst vor dem, was nun geschähe.

Es war zunächst ein tiefer Seufzer, der Seufzer einer Grabesstimme.

Herodias hörte ihn am anderen Ende des Palastes. Von einer unwiderstehlichen Kraft überwältigt, kam sie durch die Menge; und eine Hand auf der Schulter Mannäis beugte sie sich vor und lauschte.

Die Stimme wurde laut.

»Wehe euch, Pharisäer und Sadduzäer, Schlangengezücht, aufgeblasene Schläuche, klingende Schellen!«

Man hatte die Stimme Jochanaans erkannt. Sein Name ging von Mund zu Mund. Mehr Menschen kamen gelaufen.

»Wehe dir, o Volk! und wehe den Verrätern Judas, den Säufern von Ephraim, denen, die im fetten Tale wohnen und im Dunst des Weines schwanken!

Mögen sie sich verflüchtigen wie versickerndes Wasser, wie die Schnecke, die beim Kriechen verdorrt, wie die abgetriebene Leibesfrucht, die nicht die Sonne sieht!

In die Zypressen wirst du dich flüchten müssen, Moab, wie die Sperlinge, in die Höhlen wie die Springmäuse. Die Tore der Festungen werden schneller bersten als Nußschalen, die Mauern werden einstürzen, die Städte werden verbrennen; und die Geißel des Ewigen Gottes wird nicht still stehen. Er wird eure Glieder in eurem Blute wälzen wie die Wolle im Trog eines Färbers. Er wird euch zerreißen wie eine neue Egge; er wird alle Fetzen eures Fleisches in den Bergen verstreuen!«

Von welchem Eroberer sprach er? War es Vitellius? Nur die Römer brachten solche Ausrottung zustande. Klagerufe wurden laut: »Genug! genug! er soll aufhören!«

Er fuhr noch lauter fort:

»Bei den Leichen ihrer Mütter werden die kleinen Kinder durch die Asche kriechen. In der Nacht wird man in Trümmern zwischen drohenden Schwertern sein Brot suchen. Auf den Plätzen, wo abends die Alten zu plaudern pflegten, werden Schakale sich die Knochen wegreißen. Deine Jungfrauen werden, ihre Tränen schlukkend, bei den Gelagen der Fremden die Harfe schlagen, und deine besten Söhne werden, geschunden, ihren Rücken unter zu schweren Lasten krümmen!«

V

Die Wiesen verströmten den Duft des Sommers; Fliegen summten; die Sonne ließ den Fluß flimmern, heizte die Schieferplatten auf. Mutter Simon, die in die Kammer zurückgekehrt war, nickte sanft ein.

Glockengeläut weckte sie; der Vespergottesdienst war zu Ende. Félicités Fieberwahn legte sich. Sie dachte an die Prozession und sah sie vor sich, als ob sie ihr folgte.

Alle Schulkinder, die Kirchensänger und die Feuerwehrleute gingen auf den Bürgersteigen, während in der Mitte der Straße erst der Schweizer mit seiner Hellebarde voranging, dann der Küster mit einem großen Kreuz, der Lehrer, der die Knaben beaufsichtigte, die Nonne, die auf ihre kleinen Mädchen achtgab; drei der niedlichsten, wie Engel gelockt, warfen Rosenblätter in die Luft; der Diakon mäßigte mit ausgebreiteten Armen die Musiker; und zwei Ministranten mit Weihrauchfässern wandten sich bei jedem Schritt zum Heiligen Sakrament, das der Herr Pfarrer in seinem schönen Meßgewand vor sich her trug, unter einem Baldachin aus klatschmohnrotem Samt, den vier Kirchenälteste hielten. Hinter ihm drängte sich eine Woge von Menschen zwischen den weißen Laken, die die Wände der Häuser bedeckten; und so gelangte man zum Fuße des Hügels.

Félicités Schläfen waren feucht von kaltem Schweiß. Mutter Simon tupfte sie mit einem Leintuch ab und dachte daran, daß auch sie eines Tages da hindurch müsse.

Das Gemurmel der Menge schwoll an, war einen Augenblick sehr laut, entfernte sich.

cité grämte sich, nichts für den Altar tun zu können. Wenn sie wenigstens etwas hätte daraufstellen können! Da fiel ihr der Papagei ein. Das sei nicht schicklich, hielten die Nachbarinnen ihr vor. Doch der Pfarrer erlaubte es ihr; sie war darüber so glücklich, daß sie ihn bat, wenn sie tot sei, Loulou, ihren einzigen Reichtum, anzunehmen.

Vom Dienstag auf Sonnabend, den Tag vor Fronleichnam, hustete sie häufiger. Am Abend war ihr Gesicht eingefallen, ihre Lippen klebten am Zahnfleisch; sie mußte sich mehrfach erbrechen; und am nächsten Morgen, bei Tagesanbruch, fühlte sie sich so schwach, daß sie einen Priester rufen ließ.

Drei alte Frauen umstanden sie während der letzten Ölung. Dann erklärte sie, sie müsse mit Fabu sprechen.

Er kam im Sonntagsstaat, die bedrückte Atmosphäre behagte ihm nicht.

– Verzeihen Sie mir, sagte sie und hatte Mühe, den Arm auszustrecken; ich hatte geglaubt, Sie hätten ihn umgebracht!

Was sollte das heißen, dieses Geschwätz? Ihn ein Mordes verdächtigt zu haben, einen Mann wie ihn! U er empörte sich, war kurz davor, ausfällig zu werden

– Sie ist nicht mehr bei Trost, Sie sehen ja!

Félicité redete von Zeit zu Zeit mit Schatten. Di Frauen entfernten sich. Die Simon frühstückte.

Etwas später nahm sie Loulou, hielt ihn Féli und sagte:

– Kommen Sie, sagen Sie ihm Lebewohl!

Obwohl er ausgestopft war, zerfraßen ih mer; einer seiner Flügel war gebrochen, da ihm aus dem Bauch. Aber sie, blind wie küßte ihn auf die Stirn und drückte i Wange. Die Simon nahm in wieder fort Altar zu stellen.

1853 spürte sie Schmerzen in der Brust; ihre Zunge schien wie von einer Art Rauch belegt; die Blutegel linderten ihre Beklemmung nicht; und am neunten Abend verschied sie, gerade zweiundsiebzig Jahre alt.

Man hatte sie für jünger gehalten, der braunen Haare wegen, deren Strähnen ihr bleiches, pockennarbiges Gesicht umrahmten. Nur wenige Freunde trauerten um sie, denn ihre hochfahrende Art hatte Distanz geschaffen.

Félicité beweinte sie, wie man Herrschaften sonst nicht beweint. Daß Madame vor ihr starb, verwirrte ihre Gedanken und schien ihr der Ordnung der Dinge zuwider, nicht statthaft und ungeheuerlich.

Zehn Tage später (so lange brauchte es, aus Besançon herbeizueilen) tauchten die Erben auf. Die Schwiegertochter durchwühlte die Schubläden, suchte Möbel für sich aus, verkaufte die anderen; dann kehrten sie zum Registeramt zurück.

Der Sessel von Madame, ihr Beistelltisch, ihr Fußwärmer, die acht Stühle waren fort! Wo die Stiche gehangen hatten, zeichneten sich an den Wänden gelbliche Vierecke ab. Sie hatten die beiden Betten mitgenommen, mitsamt den Matratzen, und im Schrank war von all den Habseligkeiten Virginies nichts mehr zu sehen! Félicité stieg von einem Stockwerk in das nächste, außer sich vor Trauer.

Am nächsten Tag hing ein Zettel an der Tür; der Apotheker schrie ihr ins Ohr, daß das Haus zum Verkauf stehe.

Sie wankte und mußte sich hinsetzen.

Was sie vor allem betrübte, das war, ihre Kammer verlassen zu müssen, – wo der arme Loulou es doch so gut gehabt hatte. Indem sie ihn mit bangem Blick umfing, flehte sie zum Heiligen Geist und nahm die abgöttische Gewohnheit an, ihre Gebete vor dem Papagei kniend aufzusagen. Manchmal fiel die Sonne, die durch die

Dachluke hereindrang, auf sein Glasauge und warf einen kräftigen Lichtstrahl zurück, der sie in Verzückung versetzte.

Sie hatte eine Rente von dreihundertachtzig Francs, die ihre Herrin ihr ausgesetzt hatte. Der Garten lieferte ihr Gemüse. Kleider besaß sie genug, um bis an das Ende ihrer Tage damit auszukommen, und sie sparte Licht, indem sie zu Bett ging, sobald es dunkel wurde.

Sie ging kaum noch aus dem Haus, um den Laden des Trödlers zu meiden, wo einige der alten Möbel zum Verkauf standen. Seit ihrem Schwindelanfall zog sie ein Bein nach; und da ihre Kräfte nachließen, kam Mutter Simon, die mit ihrem Kolonialwarenladen Bankrott gemacht hatte, jeden Morgen, um ihr das Holz zu spalten und Wasser zu pumpen.

Ihre Augen wurden schwächer. Die Fensterläden wurden nicht mehr geöffnet. Viele Jahre vergingen. Und für das Haus fand sich kein Mieter und auch kein Käufer.

Aus Furcht, man könne sie hinaussetzen, verlangte Félicité keinerlei Reparaturen. Die Dachlatten faulten; einen ganzen Winter hindurch war ihr Kopfpolster feucht. Nach Ostern spuckte sie Blut.

Schließlich bemühte Mutter Simon einen Arzt. Félicité wollte wissen, was sie hatte. Aber da sie zu taub war, alles zu verstehen, hörte sie nur ein Wort heraus: »Lungenentzündung«. Es war ihr geläufig, und sie erwiderte leise:

»Ach! wie Madame« und fand es natürlich, ihrer Herrin zu folgen.

Die Zeit der Fronleichnamsaltäre rückte näher.

Der erste war immer am Fuße des Hügels, der zweite vor dem Postamt, der dritte ungefähr in der Mitte der Straße. Seinetwegen gab es Rivalitäten; die Frauen der Gemeinde entschieden sich schließlich für den Hof von Madame Aubain.

Die Beklemmungen und das Fieber nahmen zu. Féli-

DIE LEGENDE VON SAINT JULIEN DEM GASTFREUNDLICHEN

Eine Gewehrsalve ließ die Scheiben klirren. Es waren die Postillione, die die Monstranz grüßten. Félicité rollte die Augen und sagte so vernehmbar wie möglich:

– Geht es ihm gut?, aus Sorge um den Papagei.

Ihr Todeskampf begann. Ein Röcheln, das zunehmend hastiger wurde, ließ ihre Rippen beben. Schaumblasen quollen aus ihren Mundwinkeln, und ihr ganzer Körper zitterte.

Bald konnte man das Schnarchen der Baßklappenhörner heraushören, die hellen Stimmen der Kinder, die tiefen der Männer. Dann war eine Zeitlang alles wieder still, und das Geräusch der Schritte, das Blumen dämpften, glich dem einer Herde, die über eine Wiese trappelte.

Die Geistlichkeit erschien im Hof. Die Simon kletterte auf einen Stuhl, um an die Dachluke heranzureichen, und konnte so auf den Ruhealtar hinabschauen.

Grüne Girlanden hingen auf das Altartuch hinab, das mit einem Besatz aus englischer Spitze geschmückt war. In der Mitte befand sich ein kleiner Schrein mit Reliquien, an den Ecken standen zwei Orangenbäume, und an den Längsseiten reihten sich silberne Leuchter und Porzellanvasen, aus denen Sonnenblumen, Lilien, Pfingstrosen, Fingerhut und Hortensienbüschel ragten. Diese Kaskade leuchtender Farben ergoß sich vom Altartisch schräg hinab auf den Teppich und setzte sich auf dem Pflaster fort; und seltsame Dinge zogen die Blicke auf sich. Veilchen krönten eine Zuckerdose aus feuervergoldetem Silber, Lüstergehänge aus Alençoner Quarz funkelten auf Moos, zwei chinesische Wandschirme breiteten ihre Landschaften aus. Loulou, unter Rosen verborgen, ließ nur seine blaue Stirn sehen, gleich einem flachen Stein aus Lapislazuli.

Die Kirchenältesten, die Sänger und die Kinder gruppierten sich an den drei Seiten des Hofes. Der Priester stieg langsam die Stufen hinauf und setzte seine große, strahlenumkränzte goldene Sonne auf der Spitzendecke ab. Alle knieten nieder. Tiefe Stille trat ein. Und die Weihrauchfässer schwangen an den Ketten heftig hin und her.

Ein himmelblauer Rauch stieg in Félicités Kammer hinauf. Sie weitete die Nasenflügel und sog ihn mit mystischem Behagen ein; dann schloß sie die Lider. Ihre Lippen lächelten. Der Schlag ihres Herzens verlangsamte sich ein um das andere Mal, wurde zögerlicher, verhalten, so wie eine Quelle versiegt, ein Echo schwindet; und als sie ihren letzten Atem aushauchte, glaubte sie im Himmel, der sich auftat, einen riesigen Papagei über ihrem Kopf schweben zu sehen.

Nächte lang ein Mahl im Schein der Fackeln, beim Klang der Harfen, auf ausgestreuten Zweigen. Man aß die seltensten Spezereien und Hühner so groß wie Hammel; zur Belustigung kam aus einer Pastete ein Zwerg hervor; und da die Schalen nicht ausreichten, weil die Menge immer größer wurde, mußte man aus Jagdhörnern und Helmen trinken.

Die Wöchnerin nahm an diesen Festlichkeiten nicht teil. Sie lag still in ihrem Bett. Eines Abends erwachte sie und sah, wie sich unter einem Mondstrahl, der durchs Fenster fiel, ein Schatten regte. Es war ein Greis in wollener Mönchskutte, mit einem Rosenkranz an der Seite, einem Bettelstab über der Schulter, ganz wie ein Eremit. Er trat an ihr Bett und sagte, ohne die Lippen zu öffnen:

– Freue dich, o Mutter! dein Sohn wird ein Heiliger sein!

Sie wollte schreien; er aber glitt auf dem Lichtstrahl des Mondes sachte in die Lüfte und verschwand. Das Singen des Banketts brach lauter los. Sie hörte die Stimmen der Engel, und ihr Kopf sank zurück auf das Kissen, über dem in einem Rahmen aus Karfunkelstein die Gebeine eines Märtyrers hingen.

Am andern Morgen erklärten alle Diener, die man fragte, sie hätten keinen Eremiten gesehen. Traum oder Wirklichkeit, dies mußte ein Wink des Himmels sein; doch aus Angst, des Hochmuts beschuldigt zu werden, verlor sie wohlweislich kein Wort darüber.

Die Gäste gingen im Morgengrauen; und Juliens Vater war vor dem großen Tor, wohin er das Kind getragen hatte, als plötzlich vor ihm im Nebel ein Bettler stand. Es war ein Zigeuner mit geflochtenem Bart, einem Silberreif an beiden Armen und blitzenden Augen. Mit inbrünstiger Stimme stammelte er die zusammenhanglosen Worte:

– Ach! ach! dein Sohn! … viel Blut! … viel Ruhm! … immer glücklich! die Familie eines Kaisers.

Und indem er sich bückte, um sein Almosen aufzuheben, verschwand er im Gras und löste sich auf.

Der gute Schloßherr schaute überall umher, rief so laut er konnte. Niemand! Der Wind pfiff, die Morgennebel verflogen.

Er schrieb die Erscheinung seinem müden Kopfe zu, da er so wenig geschlafen hatte. »Wenn ich davon erzähle, wird man sich über mich lustig machen«, sagte er sich. Und doch versetzten ihn die glänzenden Aussichten für seinen Sohn in Entzücken, auch wenn die Verheißung nicht deutlich war und er sogar daran zweifelte, sie überhaupt gehört zu haben.

Die Gatten hüteten ihr Geheimnis voreinander. Aber beide umhegten das Kind mit der gleichen Liebe; und da sie ihn als Gotterwählten ansahen, umgaben sie ihn mit unendlicher Fürsorge. Sein Bettchen war mit feinsten Daunen gepolstert; darüber brannte stets eine Lampe in Form einer Taube; es wurde von drei Ammen gewiegt; und fest in sein Wiegentuch gewickelt, mit dem rosigen Gesicht und den blauen Augen, dem Brokatmäntelchen und der perlenbesetzten Haube, sah es wie ein Jesusknabe aus. Ihm wuchsen die Zähne, ohne daß er ein einziges Mal weinte.

Als er sieben Jahre alt war, lehrte ihn seine Mutter zu singen. Um ihn mutig zu machen, hob ihn sein Vater auf ein großes Pferd. Das Kind lächelte vergnügt und wußte bald alles über Schlachtrosse.

Ein alter, sehr gelehrter Mönch unterwies ihn in der Heiligen Schrift, der Zählweise der Araber und den lateinischen Buchstaben, und er zeigte ihm, wie man auf dem Pergament feine Zeichnungen macht. Sie arbeiteten zusammen ganz oben in einem kleinen Turm, fern von allem Getriebe.

I

Der Vater und die Mutter von Julien wohnten in einem Schloß mitten im Wald, am Hang eines Hügels.

Die vier Ecktürme hatten spitze, mit Bleischindeln gedeckte Dächer, und das Fundament der Mauern ruhte auf Felsblöcken, die steil hinab bis auf den Grund des Wassergrabens stürzten.

Das Pflaster im Hof war glatt wie die Steinplatten in einer Kirche. Lange Traufen stellten Drachen dar, die, das Maul nach unten, das Regenwasser zur Zisterne spieen; und an allen Fenstern, an allen Stockwerken blühte in einem buntbemalten Tontopf ein Königskraut oder eine Sonnenwende.

Eine zweite Befestigung, aus Pfählen gebaut, umschloß erst einen Obstgarten, dann ein Beet, in dem Blumengruppen rätselhafte Zeichen beschrieben, schließlich ein Weinspalier mit Bogenlauben, um sich zu erfrischen, und ein Mailspiel, das dem Vergnügen der Pagen diente. Auf der anderen Seite lagen der Zwinger, die Stallungen, die Bäckerei, die Kelter und die Scheunen. Ringsum erstreckte sich eine grüne Weide mit kurzem Gras, umgeben von einer dichten Dornenhecke.

Man lebte schon so lange im Frieden, daß das Fallgatter sich nicht mehr senkte; die Gräben waren voll Wasser; die Schwalben bauten ihr Nest in den Schießscharten; und der Schütze, der den ganzen Tag auf dem Mittelwall auf und ab ging, zog sich, sobald die Sonne zu heiß brannte, in die Warte zurück und schlief ein wie ein Mönch.

Innen leuchteten überall die Beschläge; in den Räumen schützten Teppiche vor Kälte; und die Schränke quollen über vor Wäsche, die Weinfässer stapelten sich in den Kellern, die Eichentruhen krachten unter dem Gewicht der Geldsäcke.

Im Waffensaal sah man zwischen Fahnen und Köpfen wilder Tiere Waffen aller Zeiten und Länder, von den Schleudern der Amaletiker und den Wurfspießen der Garamanten bis zu den Kurzschwertern der Sarazenen und den Panzerhemden der Normannen.

Auf dem größten Spieß in der Küche konnte man einen Ochsen rösten; die Kapelle war so prächtig wie das Betzimmer eines Königs. An verschwiegenem Ort gab es sogar ein römisches Bad; doch der edle Herr versagte sich seinen Gebrauch, da er meinte, dies sei eine heidnische Sitte.

Stets in einen Fuchspelz gehüllt, wanderte er durchs Haus, sprach seinen Vasallen Recht und schlichtete die Streitigkeiten seiner Nachbarn. Im Winter schaute er den fallenden Schneeflocken zu oder ließ sich Geschichten vorlesen. Bei den ersten schönen Tagen ritt er auf seinem Maultier die kleinen Wege am Rande der grünenden Felder entlang, plauderte mit den Dorfbewohnern und gab ihnen Ratschläge. Nach vielen Abenteuern hatte er ein Fräulein von hoher Abkunft zur Frau genommen.

Sie war sehr weiß, ein wenig stolz und vornehm. Die Spitzen ihrer hohen Haube streiften den Querbalken über den Türen; die Schleppe ihre Kleides aus Tuch schleifte drei Schritt hinter ihr. Ihr Hauswesen war geregelt wie das Leben in einem Kloster; jeden Morgen verteilte sie die Aufgaben unter ihren Mägden, wachte über das Eingemachte und die Salben, saß am Spinnrad oder stickte Altardecken. Durch die Kraft ihrer Gebete wurde ihr ein Sohn geschenkt.

Die Freude war groß, und es gab drei Tage und vier

Die Zähigkeit ihres Lebens reizte das Kind. Es begann sie zu würgen; und die Krämpfe des Vogels ließen sein Herz klopfen, erfüllten es mit unbändiger, stürmischer Wollust. Bei dem letzten Erstarren fühlte er sich einer Ohnmacht nahe.

Am Abend, während des Essens, erklärte sein Vater, in seinem Alter müsse man das Waidwerk erlernen; und er holte ein altes Schriftstück, das in Fragen und Antworten alles über die Jagd enthielt. Ein Meister zeigte darin seinem Schüler die Kunst, Hunde zu dressieren, Falken abzurichten, Fallen zu legen und den Hirsch an seiner Losung, den Fuchs an seiner Fährte, den Wolf an seinen Markierungen zu erkennen, das richtige Mittel, ihre Spuren zu unterscheiden, wie man sie hetzt, wo sich gewöhnlich ihre Schlupfwinkel befinden und welche Winde die günstigsten sind, samt der Aufzählung der Stimmen und der Regeln des Jagdrechts.

Als Julien alles auswendig hersagen konnte, stellte ihm sein Vater eine Meute zusammen.

Dort sah man zunächst vierundzwanzig Berberwindhunde, schneller als Gazellen, ja geneigt durchzugehen; dann siebzehn Paar bretonischer Hunde, weißgefleckt auf rotem Grund, unschlagbar in ihrer Zuverlässigkeit, mit starker Lunge und große Jauler. Um Eber zu packen und für gefährliche Fluchten, gab es vierzig Pinscher, zottig wie Bären. Tartarische Schäferhunde, fast so hoch wie Esel, feuerfarben, mit breitem Rückgrat und geraden Läufen, waren zur Verfolgung der Auerochsen bestimmt. Das schwarze Fell der Wachtelhunde glänzte wie Atlas; das Gekläff der Talbots konnte sich mit dem der englischen Vorstehhunde messen. In einem Seitenhof knurrten acht alanische Doggen, rüttelten an ihrer Kette und rollten mit den Augen, ungeheuerliche Tiere, die den Reitern an den Bauch springen und Löwen nicht fürchten.

Alle fraßen Weizenbrot, soffen aus Steintrögen und hatten einen klingenden Namen.

Die Falknerei übertraf vielleicht noch die Meute; der edle Herr hatte für viel Geld kaukasische Sperbermännchen, babylonische Würgefalken, deutsche Gierfalken beschafft, und Wanderfalken, gefangen in fernen Ländern auf den Klippen an kalten Meeresküsten. Sie hausten in einem strohgedeckten Schuppen, und der Größe nach auf der Stange angekettet, hatten sie vor sich einen Rasenhügel, wohin man sie von Zeit zu Zeit setzte, um sie munter zu machen.

Es wurden Beutel, Schlingen, Fußangeln, Fallen aller Art angefertigt.

Oft führte man Hühnerhunde ins freie Feld, und schnell hatten sie das Wild gestellt. Dann schlichen Piköre heran und breiteten behutsam ein riesiges Netz über ihre regungslosen Körper. Auf ein Zeichen begannen sie zu bellen; Wachteln flogen auf; und die Damen der Umgebung, die mit ihren Männern geladen waren, die Kinder, die Kammerfrauen, alle stürzten sich darauf und fingen sie ohne Mühe.

Ein andermal wurde die Trommel geschlagen, um Hasen aufzuscheuchen; Füchse stürzten in Gräben, oder eine Feder löste sich und fing den Wolf am Fuß.

Julien jedoch verachtete diese bequemen Kunstgriffe; er jagte lieber, weit von allen anderen, mit seinem Pferd und seinem Falken. Das war fast immer sein großer skythischer Wanderfalke, weiß wie Schnee. Ein Federbusch überragte seine Lederkappe, an seinen blauen Fängen zitterten goldene Schellen; und er saß fest auf dem Arm seines Herrn, während das Pferd dahingaloppierte und die Ebenen sich auftaten. Julien löste seine Riemen und ließ ihn plötzlich frei; das kühne Tier schoß senkrecht wie ein Pfeil in die Luft; und man sah zwei ungleiche Flecken kreisen, sich vereinigen, dann hoch im Blau ver-

War der Unterricht zu Ende, gingen sie hinunter in den Garten, wo sie umherwandelten und die Blumen studierten.

Manchmal sah man am Ende des Tales eine Reihe Lasttiere, geführt von einem orientalisch gekleideten Wanderer. Der Schloßherr, der ihn als Händler erkannt hatte, schickte einen Diener. Der Fremde faßte Vertrauen und bog von seinem Wege ab; als man ihn in die Vorhalle führte, zog er aus seinen Kästen Samt und Seide, Schmuck, Gewürze, seltsame Dinge von unbekanntem Gebrauch; schließlich machte sich der gute Mann mit großem Gewinn wieder auf den Weg, ohne daß ihm das geringste Leid geschehen war. Ein andermal klopfte eine Pilgerschar an das Tor. Ihre feuchten Kleider dampften vor dem Herd; und wenn sie sich satt gegessen hatten, erzählten sie von ihren Reisen: von den Irrfahrten der Schiffe auf schäumender See, von den Fußmärschen durch glühende Wüsten, von der Blutgier der Heiden, von den syrischen Höhlen, von der Krippe und dem Heiligen Grab. Dann schenkten sie dem jungen Herrn Muscheln aus ihrem Mantel.

Oft bewirtete der Schloßherr seine alten Waffenbrüder. Sie tranken und gedachten ihrer Kriegszüge, des Sturms auf die Festungen beim Rattern der Maschinen und der unglaublichen Verwundungen. Julien, der ihnen lauschte, fing an zu schreien; da hatte der Vater keinen Zweifel, daß er später ein Eroberer würde. Doch am Abend, wenn er nach dem Angelus zwischen den gebückten armen Leuten hindurchschritt, griff er mit so viel Bescheidenheit und so edler Miene in seine Tasche, daß seine Mutter fest darauf zählte, ihn einst als Erzbischof zu sehen.

Sein Platz in der Kapelle war neben seinen Eltern; und so lange das Amt auch dauerte, verharrte er kniend auf seinem Betstuhl, barhäuptig und mit gefalteten Händen.

Als er eines Tages während der Messe den Kopf hob, sah er eine kleine Maus, die aus einem Mauerloch kam. Sie trippelte über die erste Altarstufe, und nach zwei oder drei Runden rannte sie in derselben Richtung fort. Am nächsten Sonntag beunruhigte ihn der Gedanke, sie wiederzusehen. Sie erschien wieder; und an jedem Sonntag wartete er auf sie, fühlte sich von ihr belästigt, begann sie zu hassen und entschied, sich ihrer zu entledigen.

Er schloß die Tür, streute Kuchenkrümel auf die Stufen und stellte sich, einen Stock in der Hand, vor das Loch.

Nach geraumer Zeit erschien schließlich eine rosige Schnauze, darauf die ganze Maus. Er tat einen leichten Schlag und stand verblüfft vor diesem kleinen Körper, der sich nicht mehr rührte. Ein Blutstropfen befleckte die Steinplatte. Hastig wischte er ihn mit dem Ärmel fort, warf die Maus hinaus und sagte zu niemandem ein Wort.

Kleine Vögel aller Art pickten die Samen des Gartens auf. Er hatte den Einfall, Erbsen in ein hohles Schilfrohr zu stecken. Wenn er in einem Baum Gezwitscher hörte, schlich er vorsichtig heran, hob sein Rohr und blies die Backen auf; und die Tierchen regneten ihm so zahlreich auf die Schultern, daß er, glücklich über seine List, unwillkürlich lachte.

Eines Morgens, als er vom Mittelwall kam, sah er auf dem First der Festungsmauer eine dicke Taube, die sich in der Sonne plusterte. Julien blieb stehen, um sie zu betrachten; die Wand hatte an dieser Stelle einen Riß, unter seinen Fingern fanden sich lose Steine. Er schwang seinen Arm, und der Stein traf den Vogel, der jäh in den Graben stürzte.

Er eilte hinunter, sich am Gestrüpp aufreißend, überall umherstöbernd, flinker als ein junger Hund.

Die Taube hing zuckend, mit gebrochenen Flügeln in den Zweigen eines Ligusters.

war es, der Aristobule ertränkt, Alexander erdrosselt, Matathias bei lebendigem Leibe verbrannt und Sosimus, Pappus, Joseph und Antipater enthauptet hatte; und nun besaß er nicht den Mut, Jochanaan zu töten! Ihm klapperten die Zähne, er zitterte am ganzen Leibe.

Er hatte vor der Grube den Großen Engel der Samariter erblickt, von Augen bedeckt und ein riesiges, rotes, wie eine Flamme gezacktes Schwert schwingend. Zwei als Zeugen herbeigerufene Soldaten sollten es bestätigen.

Sie hatten nichts gesehen, außer einem jüdischen Hauptmann, der sich auf sie gestürzt hatte und nicht mehr am Leben war.

Herodias Wut ergoß sich in einer Sturzflut schlimmer und gemeiner Verwünschungen. Sie zerbrach sich die Nägel am Gitter der Tribüne, und die beiden Löwenstatuen schienen in ihre Schulter zu beißen und zu brüllen wie sie.

Antipas tat es ihr gleich, die Priester, die Soldaten, die Pharisäer, alle forderten Rache, und die anderen, verärgert über das unterbrochene Vergnügen, ebenso.

Mannäi ging hinaus und verhüllte sein Gesicht.

Den Gästen wurde die Zeit noch länger als beim ersten Mal. Man langweilte sich.

Plötzlich hallte in den Gängen der Lärm von Schritten. Das Unbehagen wurde unerträglich.

Der Kopf kam herein; – und Mannäi hielt ihn an den Haaren, mit gestrecktem Arm, stolz auf den Beifall.

Als er ihn auf eine Schale gelegt hatte, brachte er ihn Salome.

Sie stieg behende die Tribüne hinauf; einige Augenblicke darauf wurde der Kopf von eben der alten Frau zurückgebracht, die der Tetrarch am Morgen auf dem Flachdach eines Hauses und am Nachmittag in Herodias Zimmer wahrgenommen hatte.

Er wich zurück, um ihn nicht zu sehen. Vitellius warf einen gleichgültigen Blick darauf.

Mannäi stieg die Estrade hinunter und zeigte ihn den römischen Hauptleuten; dann allen, die dort aßen.

Sie betrachteten ihn prüfend.

Die scharfe Klinge des Werkzeugs hatte, von oben nach unten fahrend, den Kiefer durchtrennt. Ein Krampf verzerrte die Mundwinkel. Blut, bereits geronnen, war über den Bart gespritzt. Die geschlossenen Lider waren bleich wie Muscheln; und ringsum sandten die Leuchter ihre Strahlen.

Er kam an den Tisch der Priester. Ein Pharisäer drehte ihn neugierig um; und Mannäi, der ihn wieder zurechtgelegt hatte, stellte ihn vor den eben erwachenden Aulus. Durch die leicht geöffneten Wimpern schienen sich die toten und die glasigen Augen etwas zu sagen.

Dann reichte Mannäi ihn Antipas. Tränen rannen über die Wangen des Tetrarchen.

Die Fackeln verloschen. Die Gäste brachen auf; und im Saal blieb nur Antipas, die Hände an den Schläfen und immer noch auf den abgeschlagenen Kopf starrend, während Phanuel mit erhobenen Armen mitten im Hauptschiff stand und betete.

In dem Augenblick, als die Sonne aufging, erschienen zwei Männer, die einst Jochanaan gesandt hatte, mit der so lang ersehnten Antwort.

Sie vertrauten sie Phanuel an, der darüber in große Freude ausbrach.

Dann zeigte er ihnen das schaurige Etwas auf der Schale, zwischen den Resten des Festmahls. Einer der Männer sagte:

– Tröste dich! Er ist zu den Toten hinabgestiegen, um ihnen Christus anzukündigen!

Da begriff der Essäer die Worte: »Auf daß er wachse, muß ich vergehen.«

Und alle drei nahmen den Kopf des Jochanaan und machten sich auf nach Galiläa.

Er war sehr schwer, und so trugen sie ihn abwechselnd.

ANHANG

ANMERKUNGEN

Ein schlichtes Gemüt

Die Güter Toucques und Geffosses: Sie existierten tatsächlich; sie hatten der Mutter Flauberts gehört. Nach deren Tod übernahm Flauberts Bruder Achille das Gut Toucques und er selbst das Gut Geffosses, das er 1875 für 200 000 Francs verkaufte, um den Ehemann seiner Nichte Caroline, Ernest Commanville, vor dem finanziellen Ruin zu bewahren.

Dieses Haus: Vermutlich 14, place Robert-de-Flers.

Stiche von Audran: Gérard Audran (1640–1703) oder auch Claude Audran (1657–1734), berühmte Kupferstecher.

Ersatzmann: Die Rekruten wurden zumeist nach dem Losverfahren eingezogen, hatten aber das Recht, einen »gekauften« Ersatzmann *(remplaçant)* zu stellen, was einen blühenden Menschenhandel zur Folge hatte (vgl. L'éducation sentimentale I, 2: der Vater von Deslauriers verdient sein Geld als »marchand d'hommes« in Troyes).

um der Einberufung zu entgehen: Verheiratete waren von der Wehrpflicht befreit.

Marquis de Gremanville: Flaubert skizziert hier das Leben seines Großonkels Charles-François Fouet de Crémanville.

Monsieur Poupart: Für ihn soll ein gewisser Dr. Giffard aus Trouville Modell gestanden haben.

Trouville: Flaubert und seine Schwester Caroline pflegten dort ihre Ferien zu verbringen.

Monsieur Lechaptois: Flaubert hatte ihm in seinem Manuskript zunächst den Namen Lestiboudois gegeben; so hieß aber bereits der Küster in Madame Bovary.

Écores: Diese Felsen überragten damals den Flußlauf der Toucques, der später nach Westen verlegt wurde.

l'Agneau d'Or: Der Name des Gasthofs und seiner Wirtin sind authentisch; Flauberts Eltern pflegten dort mit ihm abzusteigen, und dort verliebte er sich in die Tochter der englischen Familie Collier.

Meerohren: Godefiches, im Dialekt der Normandie: Jakobsmuscheln. Der Übersetzer hat sich bewußt für eine sachlich unzutreffende Übersetzung entschieden, um die Wortwiederholung »Muscheln« zu vermeiden und einen weniger geläufigen Begriff zu verwenden, da »godefiche« auch dem französischen Leser nicht geläufig ist.

Händlerwagen: Tapissière, früher von Teppichhändlern benutzter, allseits offener Wagen mit einem Verdeck, das Reisegepäck aufnehmen kann.

Fenster der Apsis: Flaubert beschreibt die Kirche Saint-Michel in Pont-l'Évêque anhand der Notizen (Carnet de Travail 16, Blatt 58 Rückseite), die er anläßlich seiner Reise nach Honfleur und Pont-l'Évêque im April 1876 angefertigt hat. Die Kirchenfenster wurden 1944 zerstört.

Ursulinen von Honfleur: Flauberts Mutter war Schülerin im Nonnenkloster von Honfleur.

mit Lauge übergossen: In heißem Wasser gelöste Pottasche.

abschüssige Gasse: Die rue Pestel.

die Cholerakranken: 1832 forderte eine Choleraepidemie in Frankreich zahlreiche Opfer.

Sie stand den Polen bei: Nach der Niederschlagung der Revolte gegen die Russen (1830/31) waren viele Polen nach Frankreich geflüchtet, darunter der Musiker Orlowski, der Flauberts Schwester Caroline Klavierstunden gab.

Loulou: Schon Jahre zuvor hatte Flaubert bei seinem Freund Pierre Barbey einen für seine Geschwätzigkeit berühmten Papagei kennengelernt. Aus seinen Arbeitsunterlagen zu *Un coeur simple* geht hervor, daß er sich für die Arbeit an diesem Text vom Museum für Naturgeschichte einen ausgestopften Papagei auslieh.

Hausierer: Fahrende Händler waren zu jener Zeit sehr zahlreich und standen im Ruf, zu jedem Schabernack aufgelegt zu sein.

Saint-Melaine: Am anderen Ende von Pont-l'Évêque gelegene Ortschaft.

Tick-Tack des Bratenwenders: Von einem Uhrwerk angetriebener Bratspieß.

Schotterhaufen: Zur Unterhaltung der Straßen in regelmäßigen Abständen am Straßenrand abgekippte Steinhaufen, deren Abmessungen genau vorgeschrieben waren, um die der Straßenverwaltung in Rechnung gestellten Liefermengen überprüfen zu können.

Graf von Artois: Bruder von Ludwig XVI. und Ludwig XIII., der von 1824 bis 1830 unter dem Namen Charles X. regiert hatte.

Registeramt: Für die Staatsdomänen, Stempelgebühren und die Beglaubigung von Privaturkunden zuständige Verwaltungsbehörde.

Revisor: Der für einen Verwaltungsbezirk zuständige Amtsleiter dieser Behörde.

Baßklappenhörner: In Frankreich erst um 1820 eingeführtes Blechblasinstrument.

Alençoner Quarz: In Alençon geschliffene Quarzkristalle.

alanische Doggen: die Alanen gehörten zum ostiranischen Volk der Skythen.

Amaletiker, Garamanten: Die Amaletiker waren ein arabisches Volk, das an der Grenze Idumäas wohnte und von König David ausgerottet wurde. Die Garamanten lebten im Südwesten Libyens. Die Römer unterwarfen sie 21 vor Chr.

Drachen von Oberbirbach: ein Ungeheuer aus deutschen Legenden.

Legende: Inspiriert durch die Darstellung Saint Juliens in einem Glasfenster der Kathedrale von Rouen und einer kleinen Statue des Heiligen in dem normannischen Caudebec-en-Caux hatte Flaubert seit 1844 den Plan, diese Legende literarisch zu nutzen. Erst im Jahre 1875 begann er ihn endgültig umzusetzen. In einem Brief vom 8. Juni 1875 heißt es:

»Um Kunst zu machen braucht man eine Sorglosigkeit, die ich nicht mehr habe. Ich bin weder Christ noch Stoiker. Ich bin bald 54. In diesem Alter fängt man sein Leben nicht noch einmal von vorne an, man ändert nicht seine Gewohnheiten. Die Zukunft hat mir nichts Gutes zu bieten und die Vergangenheit frißt mich auf. Ich denke nur noch an die verflossenen Tage und an die Menschen, die nicht wiederkommen können. Ein Zeichen von Alter und Dekadenz. Was die Literatur anbelangt, glaube ich nicht mehr an mich, ich fühle mich leer, eine wenig tröstliche Entdeckung.

Bouvard und Pécuchet waren zu schwierig, ich gebe es auf; ich bin auf der Suche nach einem anderen Roman, ohne daß sich etwas auftut. In der Zwischenzeit werde ich mich daran machen, die *Legende von Saint Julien dem Gastfreundlichen* zu schreiben, nur um mich mit etwas zu beschäftigen und um zu sehen, ob ich noch einen Satz zustande kriege, was ich bezweifle.«

Die Julienslegende entstand somit als erste der »Drei Erzählungen«, ein Buch, das Flaubert später als ein »livre de repos«, ein »Buch des Ausruhens« bezeichnete.

Schlange von Mailand: Ein in vielen mittelalterlichen Legenden erscheinendes Ungeheuer.

Agrippa I. (10 v. Chr. – 44 n. Chr.): Bruder von Herodias, der er, wie auch ihrem Mann Herodes Antipas, jedoch feindlich gesonnen war. Dem Chronisten Flavius Josephus zufolge hatte Agrippa gegenüber Gaius Caligula den Wunsch geäußert, der Kaiser Tiberius (Nero) möge schnell sterben, um ihm den Thron zu überlassen.

begann sie zu tanzen: Flauberts Beschreibung des Tanzes der Salome ist inspiriert von dem Tanz der Kurtisane Ruchiuk-Hanem, den er während seiner Orientreise gesehen hatte.

Eutyches: wie Flavius Josephus berichtet, hatte er Tiberius erzählt, daß Agrippa ihm den Tod wünsche und nach dem Thron trachte.

Gog und Magog: in der rabbinischen Literatur mythischer Name für den Feind des Gottesvolkes.

Herodes Antipas (20 v. Chr. – 39 n. Chr.): Siebtes Kind von Herodes dem Großen, von dem er die Tetrarchie von Galiläa und Peräa erbte.

Herodias: Das Thema von Flauberts Erzählung findet sich in den Evangelien bei Matthäus (XIV. Kapitel) und Markus (VI. Kapitel). – Herodias war die Tochter von Aristobulus II. Sie hatte Herodes Philipp geheiratet, ihn und die gemeinsame Tochter Salome jedoch wegen seines Halbbruders Herodes Antipas verlassen. Antipas heiratete schließlich seine Konkubine und hatte dafür die Tochter des Emirs Petra verstoßen, den Flaubert hier »König von Arabien« nennt. Der Emir sandte seine Truppen gegen ihn aus, weshalb Herodes Antipas die Römer zu Hilfe herbeirief.

Während der Arbeit an »Herodias« schreibt Flaubert an eine Freundin: »Herodes Gemeinheit mit Herodias interessiert mich. Es ist noch im Zustand eines Traums, aber ich habe wirklich Lust, diese Vorlage auszuloten.« Als er im Februar 1877 an der letzten Szene arbeitet, schreibt er an seine Nichte: »Ich muß mir einen frisch enthaupteten menschlichen Kopf ansehen.«

Kriegsgerät für vierzigtausend Mann: Der jüdische Geschichtsschreiber Flavius Josephus (37 – 100) notiert, daß die Festung Machärus Waffen für 70 000 Mann enthielt.

Machärus: Festung östlich des Toten Meeres, erbaut von König Alexander Jannäus (103–76 v. Chr.)

mit Säulenhallen geschmückter Palast: Erbaut von Herodes dem Großen (73 v. Chr. – 4 n. Chr.), der sich oft dort aufhielt.

Nehemias (445–425 v. Chr.): In der Regierungszeit von Nehemias wurde vom Propheten Maleachi die Auferstehung des Elias verkündet.

Sadduzäer und Pharisäer: Der Streit der beiden religiösen Schulen erfüllte zwei Jahrhunderte der jüdischen Geschichte.

Die erste hielt sich im rein wörtlichen Sinn an das Buch Mose, während die zweite fest an den religiösen Traditionen anknüpfte, jedoch bereit war, die alttestamentlichen Gesetze zu aktualisieren.

GUSTAVE FLAUBERT

Werke und Briefe in Einzebänden
Vollständig neu übersetzt

Bisher liegen vor:

Die Erziehung der Gefühle
Roman. Deutsch von Cornelia Hasting

Drei Erzählungen
Deutsch von Claus Sprick und Cornelia Hasting

Salambo
Roman. Deutsch von Petra-Susanne Räbel

Das Wörterbuch der Gemeinplätze
Deutsch von Gisbert Haefs. Nachwort von Julian Barnes

Der Briefwechsel mit Guy de Maupassant
Deutsch von Cornelia Hasting

Die Briefe an Louise Colet
Deutsch von Cornelia Hasting.
Vorwort von Julian Barnes

In Vorbereitung:

Madame Bovary
Roman. Deutsch von Caroline Vollmann

Bouvard und Pécuchet
Roman. Deutsch von Hans-Horst Henschen

November
Jugendroman. Deutsch von Cornelia Hasting

Der Briefwechsel mit den Brüdern Goncourt
Deutsch von Cornelia Hasting

IM HAFFMANS VERLAG